やり直し転生令嬢はざまぁしたいのに溺愛される

ベイル編

来須みかん

Illustration ララ

キャラクター原案 ユハズ

The reborn lady wants to revenge
but she is deeply loved by her fiance.

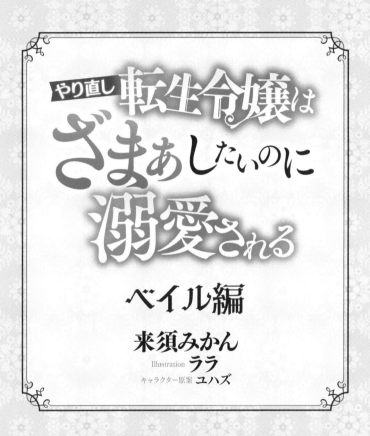

Contents

The reborn lady wants to revenge but she is deeply loved by her fiance.

プロローグ

The reborn lady wants to revenge
but she is deeply loved by her fiance.

この日、ランチェスタ侯爵家では、珍しくお茶会が開かれていた。

お茶会といっても参加者は二人きりで、一人はランチェスタ侯爵家の令嬢セシリア＝ランチェスタ。そして、もう一人の参加者は、テーブルをはさみセシリアの向かいに座っている男性だ。

実はこれはお茶会という名目で開かれた、婚約者を選ぶための顔合わせだった。

セシリアは、目の前の男性をこっそりと観察した。男性は、『氷の騎士』という呼び名に相応しくひどく冷たい顔をしている。銀色の髪は、誰も踏み入ることのできない雪原のように美しく、こちらを見つめる青い瞳は凍《こお》りついた湖のように寒々《さむざむ》しい。

彼の名前は、ベイル＝ペイフォード。

（ベイル様がいくらお美しい顔をしていても、こんなに冷たい瞳で睨まれたら、皆、逃げ出すわ）

もちろん、今現在、ベイルに睨みつけられているセシリアも逃げ出したい気分だった。

（もし、これが本当に婚約者候補としての出会いだったら、私も逃げ出していたわ……）

ベイルから放たれる無言の圧に耐えられない。うっかり彼と結婚してしまったら、一生この圧にさらされるかと思うとゾッとする。

（あのペイフォード公爵家の嫡男という高い地位にもかかわらず、未だにこの方に婚約者がいない理由がわかるような気がするわ）

セシリアは実際にベイルに会って、その威圧感にふるえたが、実はベイルの問題はこれだけではない。むしろ、これくらいなら『政略結婚のうち』と我慢できる令嬢もいたはずだ。

セシリアは、覚悟を決めて、おそるおそるベイルに話しかけてみた。

「このたびは、妹様のご婚約おめでとうございます」

そのとたんに、ベイルの冷たい表情が、少しだけ穏やかになる。

「ああ」

「遠目でございましたが、クラウディア様はとてもお美しい方ですね」

その言葉にベイルは少し笑みを浮かべて「そうだろう」と自慢げに言った。

「妹のディアは昔から愛らしく、かつ聡明だった。日に日に美しくなっていくので、兄としてもいつも心配していたのだ」

ベイルは、先ほどまでとは打って変わり、急に饒舌《じょうぜつ》になったかと思うと、聞いてもいない妹の愛らしさを語り出す。

そう、彼は重度のシスコンだった。そのせいで、『愛のない政略結婚でもいいわ』と近づいてきたご令嬢方も『さすがに無理！』と逃げてしまう。

（でも、私は違うわ）

嬉しそうなベイルより、さらに嬉しそうにセシリアは微笑んだ。

「そうなのですね。それで、愛らしいクラウディア様は幼少期をどのようにお過ごしでしたか⁉」

ベイルに質問しながら、セシリアは勢いあまってテーブルに少し身を乗り出してしまった。侯爵家の令嬢としてあるまじき行為だったが、ベイルは気にした様子はない。

「そうだな。幼いころのディアは、まるで妖精のようで、いつも愛らしく微笑んでいた」

「そうなのですね！」

「俺が剣の鍛錬に行く時には『お兄様、いっちゃヤダ』と駄々《だだ》をこねて」

「クラウディア様、愛らしい！」

「母がディアを止めると『お兄様とけっこんするの！』と泣き出してしまい」

「クラウディア様……と、尊いわ……」

ベイルの話を聞きながら、幼き日のクラウディアに思いをはせて、そのあまりの可愛らしさにセシリアは胸が苦しくなった。

（これよ、これ！　私が聞きたかったのは！）

先日、王城で大規模な夜会が開かれた。その夜会の目的は、この国の第三王子の婚約者に選ばれた、ベイルの妹クラウディア＝ペイフォードのお披露目だった。

クラウディアは、今まで公の場に一度も出たことがない深窓のご令嬢で、身体がとても弱いというウワサをセシリアも聞いたことがあった。

そんな彼女が、王子の婚約者に選ばれたと発表されたので、国中が『いったいどんなご令嬢なのだ？』と好奇の目を向けた。

夜会会場に、王子のエスコートを受けながら銀髪の美しい少女クラウディアが現れた瞬間、会場から音が消えた。

『音が消えた』というのは、そういう言い回しではなく、クラウディアのあまりの美しさに、その場にいた全ての人が心を奪われてしまい、王宮楽団ですら演奏することを忘れてしまったのだ。

（私なんて、クラウディア様に見惚れてしまって、隣にいらっしゃったはずの殿下のお顔すら覚えて

いないからね）

　あとからその場にいた友人に聞いたところ、王子は南部地域の血を引いていて、赤い髪の麗しいお方だったそうだ。そんなことを『どうでもいい』と思えるくらい、セシリアはクラウディアにしか興味がなかった。

（私、昔から儚く美しいものに弱いのよ）

　セシリア自身、ランチェスタ侯爵家の令嬢ということもあり、それなりにちやほやされて育ってきた。「愛らしい」「美しい」などと、お世辞を言われることもある。

（でもね……。うちの家系、なんかこう、地味なのよね……）

　よく言えば、お堅く誠実。悪く言えば、パッとしない。それがランチェスタ侯爵家だ。

　セシリア自身も、顔は悪くないものの、髪はよくあるブラウンで、瞳も同じくブラウン。それは、華やかで美しい外見の女性を妻に迎えたがる貴族の娘としては珍しい。

（私のお父様もお母様も地味だし、ここまでくると、『地味』はもうランチェスタ侯爵家の個性よ。我が家は王家への忠義に厚く、誠実を売りにしている一族ですもの。そのおかげで、今回の『血まみれの王位継承問題』に巻き込まれなかったのよね）

　美しいクラウディアの隣に立つ少年は、この国の第三王子だ。本来なら、王位を継ぐはずもない王子が現在、王位第一継承者になっていることから、そうとう血腥《ちなまぐさ》いことがあったのは確かだ。

　ただ、これについては、王家に厳重に情報管理されていて詳しいことはわからない。事情を知っている父からは「セシリア、お前は知らなくていい」と珍しく怖い顔をされてしまった。

（大丈夫よ、お父様。そのようなことには、少しも興味がありませんから！　私はただクラウディア様の情報が知りたいの！　あの美しい方をもっと近くで拝見したい、できればお友達になりたい！　ただそれだけなの！）

そうはいっても、クラウディアはこれまで一切社交をしていなかったので、クラウディアと親しい人は誰もいなかった。

（お近づきになりたくても、クラウディア様の好みがわからないわ……。何がお好きなのかしら？）

クラウディアは、次期王妃になる尊い方なので、こちらから馴れ馴れしく近づけない。うっかり彼女の機嫌を損ねたら、父にも家にも迷惑をかけてしまう。

（……という言いわけをしているけど、ようするに、私がクラウディア様に嫌われたくないの）

そこで思いついたのが、クラウディアの兄ベイルだった。

（確か、『婚約者を探している』って聞いたことがあったのよね。クラウディア様のお兄様だったら、クラウディア様のことを聞き放題じゃない？）

そういう邪念からセシリアが父に「ベイル様の婚約者候補になりたいです」と言うと、驚きながらも父は、ペイフォード公爵家と繋いでくれた。

（ベイル様も、社交界にはほとんど出てこないけど、ものすごい美形だって聞いたことがあるのよね。まぁ、あのクラウディア様のお兄様だから、美形に決まっているわね。私みたいな地味な女に会ってくれるかしら？）

向こうから断られることも考えていたが、よほど婚約者探しに困っていたのか、ランチェスタ侯爵家の地位が効いたのかはわからないが、数日後には『ランチェスタ侯爵家のお茶会に招待された』という名目でベイルが我が家にやってきた。

父と母は、にこやかにベイルを歓迎しながら「あとは若いお二人で～」と言い残し、セシリアを置いてサッサと退場してしまった。

置いていかれたセシリアは、ガーデンテラスで、ベイルと向かい合いお茶を飲んでいる。

ベイルは、とても姿勢が綺麗で、服の上からでも鍛えられたたくましい体つきなのがわかった。聞くところによると、ペイフォード公爵家の騎士団は、彼が騎士団長を務めていて、その全てを取り仕切っているらしい。それに加えてこの氷のように鋭い美貌。

(予想以上の美形だわ。私が相手にされることはないから、チャンスは一度きりね。今ここで、クラウディア様のことを聞きまくるのよ！)

ベイルのことは事前に調べられるだけ調べておいた。もちろん彼が重度のシスコンなことも知っている。だからこそ、ベイルはクラウディアのことを喜んで話してくれるだろうと、セシリアは予想していた。そして、その予想は当たった。

セシリアは、興奮して荒くなった息を整えながら、ベイルに話かけた。

「クラウディア様はどのようなお茶がお好みなのでしょうか？」

「クラウディア様のご趣味は？」

「クラウディア様のお好きな食べ物は？」

「クラウディア様のお好きな色は？」

嵐のような質問に、ベイルはたじろぐことも、言い淀むこともなく、スラスラと答えてくれた。その答えを忘れないように、セシリアはテーブルの下でこっそりと紙に書いていく。

（だいぶクラウディア様のことがわかってきたわ）

フフッと満足して微笑むとバチッとベイルと視線が合った。冷たい瞳がセシリアを睨みつけている。

（ひっ）

なんとか悲鳴を飲み込み、セシリアは自分自身を励ました。

（わ、私のクラウディア様への憧れは、こんなことでは挫《くじ》けないわ！　クラウディア様のお話が聞けるのなら、ベイル様に睨まれてもかまわない！　どうせもう二度とベイル様には会わないんだから）

セシリアは、逃げ出したい気持ちを必死に我慢して、精一杯の愛想笑いを浮かべた。

第一章

それぞれの事情

The reborn lady wants to revenge
but she is deeply loved by her fiance.

ベイル視点

　ベイルは不思議な気分だった。

　目の前の令嬢は、ベイルが見つめても視線をそらすことなく、ニコリと微笑みかけてくる。

（今日の婚約者候補との顔合わせは、急に泣き出されることもなければ、話が途切れることもないな）

　向こうから、いろいろ質問をしてくるので、あえて話題を探す必要もない。

（楽だ）

　そう、楽だった。

　妹のクラウディアが婚約したことで、父から「お前も婚約者を選びなさい」と言われて渋々、父が選んだ婚約者候補の令嬢達と、ベイルは顔合わせをすることになった。

　その結果、婚約者候補の令嬢達に、何もしていないのにおびえられるわ、泣かれるわ、逃げられるわ、散々な有様だった。

　ベイルが「俺の何がいけないんだ!?」と言うと、クラウディアが「お兄様、私達ペイフォード一族は、『氷の一族』などと呼ばれていて、皆、顔が怖いのです。黙っていたら怒っていると勘違いされてしまいますわ」と言うので、次に会う令嬢からは、できるだけ自分から話しかけるように気をつけた。

　しかし、ベイルが話せば話すほど、令嬢達は驚いたように目を見開き、口を固く閉ざし、お断りの手紙が殺到した。その手紙を見たクラウディアが「公爵家からの婚約を、こんなにも一方的に断られるなんて……。お兄様、いったい何をしたら、こんなことに？」と青ざめた顔が今でもベイルの脳裏に焼きついている。

（くそっ、婚約なんて親同士が勝手に決めればいいのだ）

少し前までは、確かにそうだったのに、クラウディアとその婚約者アーノルド王子が大恋愛の末に婚約をしたせいで、貴族の間では、今、恋愛婚約ブームが巻き起こっている。

聞いた話では、クラウディアが『本人同士の合意がなく、愛のない結婚は両者にとっても、長い目で見ると両家にとっても不幸の始まりです』と言ったらしい。その言葉に、アーノルドが『そうだね、ディア。僕は誰よりも君を愛している』と恥ずかしげもなく大勢の前で言ったことがブームのきっかけだそうだ。

（ディアは良いとして、アーノルド殿下は余計なことを。そもそも、殿下は初対面の時から気に入らなかった！）

でも、アーノルドが誰よりもクラウディアを愛していることはベイルも認めている。クラウディアの身に何かあったとき、アーノルドは、それこそ命をかけて妹を守ってくれるだろう。

ベイルは、『幼い妹を守る役目は、ずっと自分のものだ』と思っていた。しかし、その役目はもう終わったようだ。いいかげん、妹離れしないといけないということもわかっている。だからこそ、父の言う通り婚約者探しをしているが、『無条件で守らなければ』と思っている可愛い妹とは違い、女性はとにかく難しい。

（わけがわからん）

それでもいつかベイルがペイフォード家を継ぐためにも、一生独身でいるわけにはいかない。仕方がないので、ベイルは今日も玉砕覚悟でランチェスタ侯爵家の令嬢と顔を合わせていた。

その結果、今まで味わったことのない気楽さを感じた。

（確か、セシリア嬢……だったか？）

着飾った女性の顔を見分けるのは苦手だった。

（どうして皆、同じようなドレスを着て、同じような化粧をほどこすのだ？）

そんなことをされると区別がつかない。しかし、目の前のセシリアは、可愛らしい顔をしているような気がする。今まで出会ってきた女性とは雰囲気が違うので、顔の見分けもつきそうだ。

いつもなら顔合わせは地獄のような時間だったが、セシリアとの時間はあっという間に過ぎていった。

別れ際にセシリアが「ベイル様、ありがとうございます。今日は、私にとって、とても有意義で楽しい時間でした」と微笑みを浮かべて言ってくれた。

（ただ、貴族というものは、顔で笑っていても、腹の中では何を考えているかわかったものではないからな）

だから、セシリアにも特に何も期待はしていなかった。

セシリアとの顔合わせのあと、父とクラウディアが『またお断りの手紙が来るのでは？』と、数日間ソワソワしていたが、一週間たってもお断りの手紙がこなかったので、二人はとても喜んだ。

向こうから断りの手紙が来なければ、こちらは断る理由がないので、婚約は成立したようなものだった。

クラウディアが「お兄様、良かったですね」と愛らしく微笑んでいる。

「お兄様のお相手は、どのような方なのですか？」

そう聞かれたベイルは、握りしめた拳を自身のあごに当てて真剣な顔をした。

「……可愛い人、のような気がする」

そう答えるとクラウディアが「お兄様、しっかりしてくださいませ」と、眉をひそめたので、ベイルは慌てて咳払いをした。

「ああ、その、セシリア嬢は、一緒にいて疲れないしとても楽だった」

クラウディアは「なるほど、セシリア様は気遣いができて、こんなお兄様相手にも楽しいお話ができる、とても優秀で素敵な女性ということですね」と言いながら、あきれた顔をする。

「お兄様は、お顔も良いし、地位も名誉もお持ちで、頭も良く剣の腕前も素晴らしいのに、どうして女性に対してだけ、こんなにも……。いえ、なんでもありません」

静まり返った室内には、クラウディアの深いため息だけが聞こえた。

セシリア視点

お茶会という名の顔合わせが無事に終わった。

ベイルが帰ったあとのランチェスタ侯爵家は、セシリアを中心として家族間で話が盛り上がっていた。

父がソファでくつろぎながら「セシリアとベイルくんでは、顔の釣り合いがとれんだろう」と豪快に笑っている。母が「あなた！」と止めようとしたが、上機嫌な父の話しは止まらない。

「ベイルくんのペイフォード一族は、氷の一族と言われるほど冷たく美しい方々だ。セシリアみたいな地味顔ではベイルくんの隣に立つのも恥ずかしいぞ」

父の言葉に母が眉を釣り上げた。

「あなたっ、年ごろの娘になんてひどいことを！　少し背伸びをして叶わない夢を見たっていいじゃないですか！　ねぇセシリア？」

「お父様もひどいですが、お母様もそうとうひどいですわ」

まだ幼い弟が、トコトコとこちらに向かって歩いてきて、セシリアの膝にペッタリとくっついた。ふにっとした感触と、子ども特有の高い体温がワンピース越しに伝わってくる。

「おねぇさまは、ゆめをみているのですか？」

「違うわ。私はいつだって現実を見ているわ」

セシリアの目的はベイルではない。ベイルを足がかりに、麗しいクラウディアにお近づきになることこそが真の目的。

「私、ベイル様から婚約を断られても傷つきませんから」

父に「なるほど、婚約者探しの記念に会ってみただけか」と笑われ、セシリアはうなずいた。

「まぁ確かに私がベイル様にお会いすることは、もう二度とないでしょうから記念みたいなものですね」

（できればベイル様と仲良くなって、私をクラウディア様に取り次いでほしかったわ……）

セシリアが欲望まみれでため息をついた、その一〇日後。ペイフォード公爵家から『セシリア嬢と正式に婚約したい』という内容の手紙が届いた。

セシリアの両隣から、手紙をのぞき込んでいた父と母が驚きの声を上げる。

「まさか……ベイルくんは、地味専か？」と呟いた父の背中を母がバシンッと叩いた。

政略結婚だったはずなのに、両親はとても仲が良い。

ランチェスタ侯爵家は、先祖代々『社交も贅沢も最低限でいい。浮気なんてとんでもない』と考えているような変わった一族だから、自然と周囲にも似た考えの人達が集まってくる。

母は「あら、どうしましょう。てっきり向こうから断ってくるものだと。ペイフォード家と、私達では合わないのじゃないかしら？　セシリアはどう思う？」と不安そうな顔をしている。

「こうなってくると、私が思うに、ある程度の地位がある令嬢なら、ペイフォード家は誰でも良いのではないでしょうか？」

さすがに『ベイル様の性格がちょっとアレだから』とはセシリアは言わなかった。

父が「余計に我が一族とは合わんな」と顔をしかめている。

「セシリア、お前は地味でも由緒ある侯爵家の令嬢なのだから、結婚相手はいくらでも選べる。そんな男はやめておきなさい」と、もっともなことを言った。

（いえ、これは私にとってはチャンスだわ！）

セシリアは小さな弟を抱き上げると、勢いよく立ち上がった。腕の中で弟が「わーい！」と喜んでいる。

「婚約の件ですが、一度会っただけではベイル様のことはわかりません。お断りするにしても、ベイフォード家にお邪魔して、ベイル様がどんな方なのか確かめてからでも良いでしょうか？」

母が「そうね。社交界でのウワサなど当てになりませんものね」とため息をついた。

「まぁ、お前達がそう言うなら」と引き下がった父を見て、セシリアは小さくガッツポーズをする。

（よし！　これでいつかクラウディア様のお家に行けるかも！　もしかして、クラウディア様にお会いできたら……どどど、どうしましょう）

うふふ～あはは～とセシリアが脳内お花畑でくるくると喜び踊っていると、父が「では、このベイフォード家から来た『婚約者になってほしい』の手紙にはなんて返すんだ？」と聞いてきた。

「それは……。『もう少しお互いのことがわかるまで、ベイル様の婚約者候補のままでいさせてください』とでも書いておきますわ」

（ベイル様を利用して申しわけないけど、婚約者が誰でも良いなら、今度、お詫びにもっと美人な令嬢をたくさん紹介してあげるわ。私、女友達だけは多いから）

セシリアは『そのほうがベイル様も幸せでしょう』とニッコリ微笑んだ。

ベイル視点

ランチェスタ侯爵家から婚約の返事が届くと、ベイルは父の書斎に呼び出された。書斎の中では、書斎机に座った父と、妹のクラウディアが待っていた。

室内の雰囲気は暗く、二人はとても深刻な顔をしている。

(また婚約を断られてしまったのだな)

ベイルがそう思っていると、父が重い口を開いた。

「ベイル。セシリア嬢との婚約だが、向こうの希望で保留にされてしまった」

父が眉間にシワをよせて、冷酷そうな顔でこちらを見た。それにひるむことなくベイルは堂々と答える。

「なら、まだ断られてはいないということですね」

その言葉を聞いた妹のクラウディアが「確かにそうですが、お兄様は、この状況をどうするおつもりですか?」と悲しそうな表情を浮かべた。

父が「公爵家からの縁談を保留にされる日が来るとは……。ここ一年で神殿の力も急速に衰えているし、時代の流れは恐ろしいな。ベイルよ、セシリア嬢はあきらめて次を探すか?」と言うと、クラウディアが「待ってくださいお父様!」と口をはさんだ。

「お兄様が、今まで何十人の方に断られたと思っているのですか? セシリア様を逃しては、もう次はないかもしれません」

それを黙って聞いていたベイルは『ひどい言われようだな』と思ったが、父はクラウディアの言葉を否定することなく重々しい空気の中でうなずいた。

「……そうだな」

(そうなのか!?)

「このままでは、我がペイフォード家の血筋が途絶えてしまう。ここはなんとしてでも、セシリア嬢に嫁いできてもらわなければ」

暗い表情の父と妹の会話を聞きながら、ベイルは思った。

(もうそろそろ、面倒になってきたな)

機会があれば、いつか誰かと結婚するだろうし、もしできなければ、親戚筋から養子を取るという最終手段もある。

そういうことを言うと、父に怒られそうなので黙っているが、それほど悩むこととは思えない。

(だが、またあの地獄の顔合わせをくり返すと思ったら、このままセシリア嬢と婚約できたほうが俺としても有り難い)

室内の淀んだ空気を追い払うように、クラウディアがパンッと両手を打ち合わせた。

「お父様、セシリア様を我が家にご招待するのはどうでしょうか？　こちらのこともわかっていただけますし、お兄様の良いところも知っていただけるかと」

クラウディアの提案に父はうなずく。

「名案だ。それがいい」

父はカッと鋭い瞳を見開いた。

「我がペイフォード一族の全てをかけて、セシリア嬢をもてなすのだ！」

クラウディアも硬い表情で「はい、お父様！」と同意する。ベイルは少しあきれながらも、「俺は何をすれば良いですか？」と指示を仰いだ。

父と妹は困ったように顔を見合わせる。

「そうだな……」

「そうですわね……」

少し困った顔をしたクラウディアに「お兄様は、『乙女心』でも学んでいてくださいませ」とニッコリと微笑みかけられた。

（『乙女心』か……）

父の執務室を後にしたベイルは、無意識に鍛錬場に向かっていた。

愛らしい妹に『乙女心を学んでほしい』と言われたが、どうすればいいのかわからない。ベイルが悩みながら歩いていると、鍛錬場の付近で副団長のラルフに出会った。

「ちょうど良かった」

「え？　今、俺、ちょっと忙しいんですけど……」

ラルフは手に書類を持っている。

「見せろ」

ラルフが差し出した書類は、急ぎでも重要なものでもなかった。

ベイルは、通りがかった騎士に声をかけると、ラルフの代わりに届けるように指示を出す。

「いや、俺が行きますけど?」

「そんなことよりも重要なことがある」

「何か問題が起こったんですか?」

驚くラルフに、ベイルは執務室でのことを話した。話している間に、ラルフの顔から深刻さがどんどん消えていく。

「……で? その話をベイル団長から聞かされた俺は、いったいどうしたらいいんですかね?」

「お前、最近彼女ができたと浮かれていただろう」

ラルフが「ええ、まぁ」と照れ笑いをした。

「俺に何か助言をくれ」

「いや、急に助言と言われましても……。そもそも団長が女性と一緒にいる姿が思いつきませんから。団長って女性といる時、どんな感じなんですか?」

「このままだが?」

「え?」

なぜか驚くラルフに、ベイルはもう一度「このままだ」とくり返す。

「いや、ダメでしょ! 女性の前で、こんな眉間にシワよせて不機嫌そうにしてたら! 怖いですって」

「別に不機嫌ではないし、ディアは俺を怖がらない」

「クラウディア様は団長の妹でしょうが！　団長には慣れてるし特別なんですって！」

「では仮に、俺が不機嫌そうに見えて怖いと仮定しよう。どうしたら女性に怖がられない？」

真剣な顔で黙り込んだラルフは、「うーん」とうなりながら答えた。

「いっそのこと、相手の女性をクラウディア様だと思ってみるのはどうですか？　ほら、団長はクラウディア様には優しくできるじゃないですか。いや、ちょっと過保護すぎる気もしますけど……」

「なるほど、妹と思えばいいのか」

それならできるような気がする。

「ならば、セシリア嬢のことを、今日から俺の妹だと思ってみよう」

セシリアは妹だ。

妹は守らなければならない。

妹は大切にしなければならない。

なぜなら、それが兄の役割だから。

なので、これからは、セシリアのことを守って大切にしなければならない。

「よし、いけそうな気がしてきたぞ！」

満足そうなベイルの横で、ラルフが「心配だなぁ」と呟いた。

セシリア視点

セシリアが、ペイフォード家に婚約の保留をお願いする手紙を送ったその数日後、ベイルからセシリア宛にペイフォード家でのお茶会の招待状が届いた。

（ウ、ウソ⁉　私、クラウディア様のお家に行けるの⁉）

セシリアは、ふるえる手で『喜んで参加させていただきます』と返信した。

そして、迎えたお茶会の当日。

セシリアは一人、自室の中で落ち着きなく行ったり来たりしていた。

（私をご招待してくださったのはベイル様であって、決してクラウディア様ではないわ）

わかっているのに、もしかしたら憧れのクラウディアに会えるかもしれないという期待に胸が張り裂けてしまいそうだ。

セシリアは、緊張しながら姿見の前で、自分の姿を確認した。今日は、髪に銀色の髪飾りをつけ、若葉色のワンピースを着て、いつもより頑張っておしゃれをしたのに、なぜか華やかさに欠けている。

（ああ……。一生懸命、着飾っても、どうにもならないこの地味さ……）

もうそれは、どうしようもないので気にしない。

（でも、これはクラウディア様のお色だからね）

クラウディアの髪は、ベイルと同じ輝くような銀色だった。青い瞳のベイルとは違い、クラウディアの瞳は宝石のように美しい緑色だ。

（憧れの方のお色をまとって、憧れの方のお家へ行けるなんて夢みたい）

ただ、ここまでやると、さすがに『私ってちょっと気持ち悪くないかしら？』と少し心配になってくる。

（で、でも、ペイフォード家にご招待されるのは最初で最後なのだから、今日だけは許してほしいわ）

この日のために、セシリアはベイルに教えてもらったクラウディア好みの茶葉とお菓子を手土産代わりに購入していた。

すっかり支度を終えたセシリアが緊張しすぎて気分が悪くなってきたころ、部屋にメイドが飛び込んできた。

「お、お嬢様！」

普段は礼儀正しいメイドが慌てる姿を見て、セシリアは、「何かあったの？」と不安になる。

「ば、馬車が！」

「馬車の準備ができたから呼びに来てくれたの？」

セシリアの言葉に、メイドは激しく首を左右にふる。

「ぺ、ペイフォード公爵家の馬車が、お嬢様をお迎えに来ました！」

「え？」

セシリアは『まだ婚約もしていない関係でそこまで？』と思ったが、『まぁ、馬車を貸してくれるなら、それはそれでいいか』と気持ちを切り替えた。

「わかったわ」

セシリアが自室から出ると、セシリアの後ろをメイドが慌ただしくついてくる。

「それだけじゃないんです！　あの、すっごい美形が！　す、すっごいんです！」

「何を言って……？」

「お嬢様、あちらをご覧ください！」

メイドに案内されるまま、階段の上から玄関ホールを見下ろすと、そこには一人の青年が立っていた。とても姿勢が良く、その後ろ姿は気品が漂っている。

（あの輝くような銀髪は、まさか……）

騒がしくしていたせいか、青年がこちらをふり返った。氷のように冷たい瞳がセシリアを見上げている。

「ベイル様……」

セシリアが呟くと、ベイルは右手を自身の胸に当て、セシリアに向かって礼儀正しく頭を下げた。

（ベイル様がどうしてここに？　なんのために？）

軽く混乱していると、いつの間にかセシリアの側に来た母が「セシリア、今日は夜会のお誘いだったの？」と心配そうに尋ねる。

「いえ、お茶会……のはずです」

不安になりながら答えると、なぜかベイルが階段を上がってきた。

（ひっ、こっちに来るわ⁉）

近くで見たベイルは、わずかに光沢のある黒の布地に、銀色の刺繍で飾られた上着を上品に着こなしていた。美しい銀髪を後ろに軽くなでつけているせいで、ベイルの顔の端正さが際立っている。

（ベイル様は、どうして華やかに着飾っているの⁉　今日はお茶会のはずよね⁉）

母が「夜会」と勘違いしたのもそのせいだ。

（はっ⁉　もしかして、これがペイフォード家のお茶会での正装……？　ど、どうしましょう！）

お茶会だからと、ワンピースを着てしまった。

（正装が正解だったの⁉　今から急いでドレスに着替えたほうがいいの⁉）

青ざめるセシリアに、ベイルは右手を差し出した。

（え、何⁉）

ベイルは何も言わず右手を差し出したまま、こちらを睨みつけている。隣の母が小声で「エスコート、エスコートよ」と教えてくれた。

セシリアがおそるおそるベイルの手にふれると、予想外に優しく握り返された。そして、ベイルが無表情に一言。

「階段は危ない」

（そうなの⁉）

セシリアは『それって、うちの階段がボロすぎて危ないってこと？』と思ったが、黙って愛想笑いを浮かべる。

（もう、私はベイル様のことで、わからないことがあったり、困ったりした時は、愛想笑いをしてお

くわ）

わけのわからない状況で、光り輝く美青年にエスコートされながら階段を下りていると、つい足元がふらついてしまった。とたんに身体が宙に浮き、気がつけばセシリアはベイルにお姫様だっこされている。

「……え？」

セシリアが状況を飲み込めずにいると、ベイルに「だから、階段は危ないと言ったのだ」とお説教をされてしまう。セシリアの視界の端で、母とメイドが手を取り合って「キャー、素敵！」と、はしゃいでいる。

（これは、いったいどういう状況なのかしら？）

少しもわからないが、貴族たるもの安易に騒いではいけない。ここは落ち着いて状況を判断しようとセシリアは思った。

「えっと、ベイル様はいつもこのような感じなのでしょうか？」

「このようなとは？」

（質問に質問で返されてしまったわ）

ベイルは、足場の狭い階段でセシリアを抱きかかえたまま、危なげなく下りていく。

「ベイル様は、いつもこのように、女性をエスコートされるのですか？」

もしかすると、お姫様だっこはベイフォード流のエスコートなのかもしれない。

（それはそれで、恐ろしいわね）

そんなことを考えていると、ベイルと視線が合った。

「まぁ、そうだな。ディアをこうして運ぶことはあった」

（あ……クラウディア様はとてもお身体が弱かったらしいから、ベイル様がいつもこうして運んであげていたのかもしれないわ）

だとしたら、今のこのお姫様だっこには深い意味はなく、ただ単にセシリアが階段で転びそうになったから、心配して運んでくれているだけのようだ。

（ベイル様って、本当にクラウディア様を大切にされているのね）

そう思うと心が温かくなる。

（しかも、私、今、クラウディア様と同じ体験を……）

こみ上げてくる喜びをセシリアが必死にかみ殺しているうちに、ベイルは階段を下りきった。ようやく下ろしてくれると思いきや、ベイルはそのまま歩いて馬車へと向かう。

すれ違うメイド達が皆、目を大きく見開いて驚いている。

（そうよね、驚くわよね。でも、一番驚いているのは、運ばれている私よ）

ただ、ペイフォード家ではこれは普通の光景なのかもしれない。

（ベイル様は、親切心で運んでくださっているのに、『恥ずかしいから下ろしてください』だなんて言ったらきっと失礼だわ）

セシリアが自分にそう言い聞かせていると、公爵家の馬車が見えた。馬車から少し離れた場所に護衛のためか、ペイフォード公爵家の騎士が、馬を引きながら三名控えている。

こちらに気がついた一人の騎士が、セシリアをお姫様だっこしているベイルを見て、顔を歪めて頭を抱えた。その様子に気がついた二人の騎士もこちらをふり返ったあと、見てはいけないものを見てしまったかのように視線をそらす。

そんな騎士達を見てセシリアは、自分の勘違いにようやく気がついた。

（……お姫様だっこは、ペイフォード家でも、普通の光景じゃなかったのね）

じわじわと恥ずかしさが込み上げてくる。

「ベイル様、お、下ろしてください」

頬が熱い。セシリアが涙目になって訴えると、ベイルは「ん？」と不思議そうな顔をしながら下ろしてくれた。

「セシリア嬢は、馬車には一人で乗れるのか？」

ベイルの質問の意味がわからない。

（一人で乗れるかって……？　あっ、そうよね。さすがに婚約前の男女が、二人きりで馬車に相乗りなんてしないわよね。ここからは、一人で馬車に乗って行けってことね）

セシリアが「はい、乗れます」と答えると、ベイルは「わかった」と言いながらセシリアを馬車の中へエスコートしたあとに、同じ馬車に乗り込んできた。

（え？　あれ？）

気がつけばセシリアは、なぜか馬車の中でベイルと向かい合わせに座っている。ペイフォード公爵家の騎士が丁寧に馬車の扉を閉めると、二人を乗せた馬車はゆっくりと動き出した。

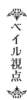

ベイル視点

セシリアと共に馬車に乗り込んだベイルは、満足そうにうなずいた。

（ラルフのアドバイス通り、セシリア嬢のことを妹だと思うと、迷わず行動ができるな）

セシリアは、少しうっかりしているところがあるのか、階段で急によろめいた時は驚いた。兄としては妹のセシリアを危ない目に遭わせるわけにはいかない。

「セシリア嬢は、馬車に一人で乗れるようで安心したぞ」

身体の弱かった妹クラウディアを、抱きかかえたまま馬車に乗った日のことは、今となっては懐かしい思い出だ。

セシリアは口を少しだけポカンと開けたあと、いつものようにニコッと微笑んだ。そして、何かを考えるように視線をそらしたかと思うと、すぐに真っすぐベイルを見つめる。

（今まで、多くの女性に会ってきたが、なぜか皆、視線が合わなかった。こんなにも視線が合うのはセシリア嬢が初めてだな）

セシリアは、「ベイル様……。今のお話の流れからすると、もしかして、クラウディア様はお一人で馬車に乗れなかったことがあるのですか？」と、丸く大きな瞳を輝かせながら聞いてきた。

「ああ、ディアは身体が弱かったから、俺が抱きかかえたまま馬車に乗ったことがある」

「そうなのですね⁉」

「あと、ディアは『馬車は揺れて危ないから』と馬車に乗る前に、クッションを持ち込もうとして離さなかったこともあったな」

「……う、ぐっ、クラウディア様……愛らしいです……」

口元を押さえながら小刻みにふるえるセシリアを見ていると、ベイルの頭に何かが浮かんだ。

(セシリア嬢のこのやわらかそうなブラウンの髪質、まるで小動物のように大きく丸い瞳、そして、この儚げにふるえる姿……どこかで見たような……？　はっ⁉　野ウサギ！)

それは狩猟の時に見かける野ウサギだった。しかも、目の前のセシリアは子ウサギによく似ている。

セシリアが身にまとっている優しい緑色のワンピースが、春の野原を思い起こさせた。

(セシリア嬢は、ディアとはまた違った可愛さがあるな)

本当の妹のクラウディアは、妖精のような愛らしさで、身体が弱いこともあり『とにかく守らなければ』という思いが強かった。しかし、目の前にいるセシリアは、いつもニコニコと穏やかで、つい頭をなでてしまいたくなるような愛らしさがある。

(やはり、妹はいいな。……いや、セシリア嬢は本当の妹ではないし、確かディアより年上のはず)

馬車の中は心地好い沈黙が降りていた。視線が合うと、セシリアがまたニコッと笑う。

ベイルは無意識にセシリアに右手を伸ばして、頭をなでようとしている自分に気がつき慌てた。

(あぶない！)

父とクラウディアから『セシリア嬢に決して失礼なことをしないように』と、きつく言われている。

理由もなく急に女性の頭をなでるのはさすがに失礼なことだろう。

(セシリア嬢を妹と思う作戦は良いが、妹だと思うと無意識に愛《め》でたくなるぞ。気をつけなければ)

これ以上、余計なことをしてしまわないように、ベイルは腕を組んで目を閉じた。

セシリア視点

二人きりの馬車の中で、向かいに座るベイルは目を閉じて黙り込んでしまった。

(気まずいわ……。ベイル様に、私から何か話しかけたほうがいいのかしら? あ、でも、眠ってらっしゃるのかも?)

セシリアは戸惑いながらもベイルを観察した。馬車の窓から差し込む光を浴びて、銀色の髪がキラキラと輝いている。ベイルの長いまつ毛が頬に影を作っていた。

(本当に綺麗だわ)

男性に向かって綺麗と言うのはおかしいかもしれないが、ベイルに関してはそうとしか言えない。

(さすが、あのクラウディア様のお兄様ね)

ただ、兄妹でもクラウディアのような儚さはなく、ベイルは凛々しくたくましい。

(お二人が並んだら、さぞかし絵になるでしょうね)

セシリアは、絵画のように美しく立ち並ぶ兄妹を想像してフフッと微笑んだ。そのとたんに、ベイルの瞼《まぶた》がピクッと動いたので慌てて口を閉じる。ベイルはうっすらと目を開けたが、まだ眠いのか何も話さない。

(あ、もしかしたら、眩しいのかも?)

そう思ったセシリアが、ベイルの顔が陰になるように、そっと馬車のカーテンを引くと、ベイルは静かにまた目を閉じた。

馬車を引く馬の蹄《ひづめ》の音に合わせて、カタカタと馬車が揺れる。セシリアは、自身の口元を手で覆い隠すと小さくあくびをした。


カタンッ。


馬車の揺れでセシリアは目が覚めた。

（あれ、私、いつの間に眠って……？　昨日の夜は、緊張しすぎてほとんど眠れなかったのよね）

そんなことを寝ぼけた頭で考えていると、セシリアはハッと我に返った。『ベイル様の前で居眠りをしてしまったわ！　私ったらなんて失礼なことを!?』と、慌てて姿勢を正すと目の前にベイルの姿はなかった。その代わりに真横から「よく眠れたか？」と声が降ってくる。慌てて声のほうを見上げると、ベイルが腕を組んだままセシリアのすぐ右隣に座っていた。

「……え？　どうして、ベイル様がこちら側に？」

混乱するセシリアに、ベイルは少しも表情を変えることなく「あなたが頭を打ちそうだったから」と淡々と教えてくれた。

どうやら、ベイルの肩を借りて眠りこけていたようだ。

「も、申しわけありません！」

セシリアが恥ずかしいやら情けないやらで泣きたい気分になっていると、ベイルは「気にするな」と言いながら、なぜか右手を上げて固まった。

『どうして右手を上げているのかしら？』とセシリアが不思議に思っていると、ベイルは咳払いをしたあとに「危ない」と呟きながらまた腕を組む。

（何が危ないの？）

心配になったセシリアが、危ないものを探して窓の外を見ると「もうすぐ着くぞ」とベイルが教えてくれた。

（よくわからないけど、ベイル様って見た目ほど怖い人じゃないのかもしれないわ）

隣のベイルは相変わらず、ひどく冷たい顔をしているが、初めて出会った時のような無言の圧はなくなっている。

（私が階段で転びそうになった時も助けてくれたし、今も頭を打たないように気を使ってくれたわ。これってもしかして……）

セシリアは、期待で胸を高鳴らせながらベイルを見つめた。

（お友達になってもらえる⁉）

ベイルには、まだまだクラウディアについて聞きたいことがたくさんあった。

（クラウディア様を愛する者同士、ベイル様とは仲良くなりたいわ！）

馬車がゆっくりと止まると、ベイルは先に降りてこちらに右手を差し出した。セシリアは、ニッコリと笑みを浮かべてその手を取る。

（このお茶会をきっかけに、ぜひベイル様とお友達に……）

そう思いながら、馬車から降りたとたんにセシリアの顔は凍《こお》りついた。

馬車から玄関までの道の両脇に、公爵家のメイド達がズラッと並んでいる。メイド長らしき年配女性が「セシリア＝ランチェスタ様、ようこそお越しくださいました」と声を張り上げると、その場のメイド達が一斉に頭を下げた。

（え？　え？）

戸惑うセシリアをよそに、メイド達は頭を深く下げたまま微動だにしない。

セシリアがベイルにエスコートされて、メイド達の作った道を歩いている間もメイドは誰一人として頭を上げることはなかった。

（私の家では、王族でもこんな風に出迎えたりしないわ。これがペイフォード家のお茶会の出迎えなのね……）

セシリアが驚愕していると、屋敷の中ではなく、庭園へと案内された。そこにはガラス張りの建物があり、中に入ると美しい花々が咲き乱れていた。建物の中心には、大理石に精巧な彫刻を施したテーブルと、白い革ばりの椅子が置かれている。

（素敵な場所ね。ここでお茶会をするのかしら？）

ベイルが椅子を後ろに引いてくれたので、セシリアは大人しく椅子に座った。椅子に置かれたフワフワのクッションが気持ち良い。ベイルが反対側の席に座ると、どこで見ていたのかメイド達が静かに現れ、お茶やケーキ、お菓子をこれでもかと運んでくれる。

セシリアが運ばれてくるお菓子の華やかさと種類の多さに驚き固まっていると、ベイルは淡々と口を開いた。

「セシリア嬢は、甘いものは嫌いか？　どんなものなら食べられる？　すぐに用意させよう」

「い、いえ、甘いもの、大好きです」

慌てて首をふり、フォークを手に持ちケーキを口に運ぶ。とたんに、ふわっと口の中に自然な甘さが広がり、すぐにとろけて消えていく。

（飲める！　このケーキ、飲めるわ⁉）

あまりの美味しさに無心でケーキを食べてしまい、気がつけばセシリアの前にあるお皿は空っぽになっていた。ベイルはというと、お菓子には一切手をつけず優雅にお茶だけ飲んでいる。

（はっ⁉　そういえば、私、クラウディア様がお好きなお茶とお菓子を持って……来ていない⁉）

せっかく準備していた手土産すらも忘れてしまった。目の前の優雅なベイルと、うっかり手土産を忘れた自分は、まるっきり別の生き物のように感じてしまう。

（ベイル様と私では、生活環境も何もかも違いすぎるわ。もしベイル様と正式に婚約していたら、私、自分が情けなくて、申しわけない気持ちになっていたかも……）

ただ、ベイルの婚約者になりたいとも、なれるとも思ってもいないので、セシリアはこのことに関してはは気にしないことにした。

（そんなことよりも）

チラッとベイルを見ると、ベイルもこちらに気がつき『なんだ？』というように見つめ返してくる。

「あの、ベイル様。クラウディア様も、ここでお茶会をされるのでしょうか？」

「ディアが？　いや、ディアは自室にいることを好むからな」

「そうなのですね。自室では何をされているのですか？」

「読書だな。ディアは無類の本好きだから」

「まぁ！　本がお好きだなんて、クラウディア様はご立派ですわ！　それで、どのような本がお好きなのですか？」

「そうだな、以前は王子や姫が出てくる本が好きだったが、最近では王妃教育のための本を……」

ベイルが途中で口を閉じた。セシリアが不思議に思っていると、ベイルに「セシリア嬢は、ディアのことばかり聞くのだな。もしかして、ディアに興味があるのか？」と尋ねられた。

（あ、バレたわ……）

セシリアは、軽く青ざめたが、すぐに『これ以上隠しても仕方がないわね』と気持ちを切り替える。

（本当のことを言って、ベイル様に嫌われても、騙《だま》して近づいた私が悪いのだから）

「実は、私、クラウディア様の大ファンなのです。ですので、ベイル様のお話がとても楽しくて、しつこく聞いてしまいました。申しわけありません。……ご不快でしたか？」

セシリアがおそるおそるベイルを見ると、その顔には予想外に笑みが浮かんでいた。

「いいや、不快ではない。俺もディアのことを話すのは大好きだ。常日ごろ、あの愛らしさを誰かに語りたいと思っていた！」

「それなら、今後はぜひ私に語ってくださいませ！」

「ああ、そうしよう」

「ベイル様、ありがとうございます！」

セシリアは天にも昇るような気持ちだった。祈るように両手を組み合わせて、セシリアが幸せをかみしめていると、いつの間に席を立ったのか、なぜかベイルがすぐ側にいた。

「セシリア嬢。もう一つ、聞いてもいいか？」

「はい」

「あなたは、馬車の中で、どうして笑ってカーテンを引いた？」

セシリアは一瞬、なんの話かわからなかったが、少し考えると、ここまで来る途中の馬車の中での話だと思いつく。

「あ……あれは、ベイル様とクラウディア様がお並びになったら、絵画のように美しいだろうなぁと想像して、ついニヤけてしまったのと、寝ているベイル様が眩しいかと思い、カーテンを引きました。……何か問題がありましたか？」

不安になってベイルを見上げると、ベイルはフッと笑った。そして、無言で右手を伸ばし、よしよしと優しくセシリアの頭をなでた。

(私は、今、どうして頭をなでられているの？)

セシリアが「……ベイル様？」と名前を呼ぶと、我に返ったベイルは「やってしまった」と呟き、自身の右手をきつく握りしめながら眉間にシワをよせた。

ベイル視点

セシリアとのお茶会が終わった。

ベイルが彼女を家まで送り届けると、セシリアは「ベイル様、ここで少しお待ちください」と言い、小走りで屋敷内へ入っていった。

ちょこちょこと走る後ろ姿は、やはり野ウサギに似ていて、その愛らしさについ口元が緩んでしまう。

しばらくすると、セシリアは綺麗にラッピングした箱を持って戻ってきた。

「これをクラウディア様にお渡しいただけませんか?」

ベイルが箱を受け取ると、セシリアは「ベイル様、今日はとても楽しかったです。ぜひまたお話をお聞かせくださいね」と陽だまりのように微笑んだ。

気がつけば、ベイルはまたセシリアの頭をなでようと右手を上げてしまっている。その手を口元に移動させるとベイルは咳払いをした。

「では、また」

「はい!」

馬車が動き出しても、セシリアは笑顔で手をふってくれている。彼女のやわらかい髪が風でかすかに揺れていた。

(セシリア嬢が、俺の本当の妹だったら、あの髪をいつでも好きなだけなでることができたのに……）

帰りの馬車の中で、ベイルはずっとそんなことを考えていた。

ベイルがベイフォード家に戻ると、すぐに父の書斎に呼び出された。

「失礼します」

書斎では、正面の書斎机に父が座り、その右隣に妹のクラウディアが控えていた。扉付近には、副団長のラルフとクラウディアの専属メイドのエイダが立っている。

父がひどく難しい顔をしながら「ベイル、お茶会の報告を」と鋭く言い放った。ベイルは両手を後ろに回し腹に力を入れ「はい」と答える。答えながら、『まるで俺の悪事を取り調べる査問委員会のようだ』と思った。

「本日、セシリア嬢をお茶会に招きました。持てる力を尽くして彼女をもてなし、それなりに楽しんでもらえたのではないかと判断しています」

父は酷薄そうに見える瞳で、ラルフに視線を送った。ラルフは一度、父に向かって頭を深く下げてから、緊張した面持ちで話し出す。

「ベイル団長は、セシリア様を迎えに行った際に、なぜかセシリア様をお姫様だっこした状態で現れました。セシリア様が『下ろしてください』と言ったので、馬車の前で下ろしていました」

ラルフの話を聞いたクラウディアが痛そうに自身の額に手をそえた。クラウディアが、エイダに視線を向けて「お茶会自体はどうだったの？　エイダから見た意見を聞かせて？」と尋ねる。

聞かれたエイダはとても言いにくそうに口を開いた。

「お茶会では、全て最高級のものを取りそろえ、セシリア様に最大限の敬意を払ったおもてなしをさせていただきました。お茶会が始まると、終始和やかな雰囲気でベイル様もセシリア様もとても楽しそうに過ごしていらっしゃいました」

緊迫した室内に、安堵のため息が漏れ聞こえる。

「ですが……」

「何かあったの？　気がついたことは、なんでも言ってね」

言い淀むエイダの言葉を、クラウディアがうながす。

「あの……私が思うに、セシリア様はクラウディア様のことがお好きなのではないかと……」

室内に妙な沈黙が下りた。クラウディアは「え？　どういうこと？」と戸惑っている。

「その、セシリア様はクラウディア様のお色をまとっておられましたし、ベイル様とのお話の内容も全てクラウディア様についてのことでした」

父が「どういうことだ？」と言いながら、ベイルを見た。

「そのままの意味です。セシリア嬢とはディアのことしか話していません。彼女は、ディアの大ファンだそうです」

ベイルは手に持っていた箱をクラウディアに手渡した。

「セシリア嬢からディアへのプレゼントを預かってきた」

箱を開けたクラウディアは「私の好きなものばかりです」と驚いている。

父に「……すると何か？　セシリア嬢はお前ではなく、ディア目当てでお前の婚約者候補になったとでも？」と聞かれたので、ベイルは「そうなりますね」と淡々と答えた。

その答えを聞いた父が、書斎机に崩れ落ちるように頭を抱える。

「はぁ……セシリア嬢はあきらめて、次に行こう」

父の言葉にクラウディアも「そうですね」と悲しそうに同意する。

ベイルは気がつけば「嫌です。俺は彼女を気に入っています」と口走っていた。父もクラウディアも、これでもかと目を見開いている。

「どういうことだ？」と尋ねる父に、ベイルはありのままの気持ちを伝えた。

「俺は婚約するなら彼女がいいです。彼女といると楽しいし、彼女ほど話が合う人に会ったことがない」

クラウディアが、花が開くように愛らしい笑みを浮かべた。

「お兄様から、そのようなお言葉を聞ける日がくるなんて……」

父も感慨深そうにうなずいている。

「ベイル、お前の気持ちはわかった。なら、我らがやることは一つだ。セシリア嬢のディアへの好意を利用しよう」

それは『氷の一族』の名に相応しい冷たい声だった。クラウディアも異論はないようでうなずいている。

クラウディアが「私がセシリア様と仲良くなって、お兄様の魅力を伝えます」と言うと、父は、

「頼んだぞ、ディア。あとは皆で、セシリア嬢がベイルと恋仲だとふれまわってくれ。私は、これか

ら先、セシリア嬢に縁談が持ちこまれないように裏で動いておく」と無表情で言い切った。

ベイルの背後から、「うわぁ……セシリア様、可哀想……」とラルフの小声が聞こえてくる。

（可哀想か……。確かに俺が気に入ったからといって、一方的に婚約を迫るのはセシリア嬢に申しわけないな）

「では俺は、セシリア嬢に、俺自身に好意を持ってもらえるように努力します」

ベイルがそう言うと、なぜか父が目頭を押さえ、クラウディアは目元を押さえて肩をふるわせた。

「ベイル、お前、立派になって……」

珍しく父に褒められたが、ベイルは素直に喜べなかった。

第二章
騎士に呪いはとけるのか？

The reborn lady wants to revenge
but she is deeply loved by her fiance.

セシリア視点

　ペイフォード家でのお茶会から戻ったセシリアを、母やメイド達は満面の笑みで迎え入れた。

「もう、この子ったら！　ベイルさんのこと、婚約者候補だなんて言っておきながら、二人があんなに親しい間柄だったなんて！」

「セシリアお嬢様が、今朝『銀色の髪飾りをつけたい』と言っていたのは、ベイル様の髪のお色だったからなのですね！」

　まるで自分のことのように喜んでくれる人達を見て、セシリアはあせった。

（ものすごく誤解を与えてしまっているわ）

　ベイルにお姫様だっこをされているセシリアを見たあとなら、そう誤解されても仕方がない。

「あの、お母様、そうではなく実は……」

　母は少女のように瞳を輝かせて「ベイルさんの瞳は緑色なの？　だから緑色のワンピースを着たの？」と聞いてくる。

「いえ、ベイル様の瞳は青で……」

「あら、じゃあ青いワンピースとドレスを買わないとね」

「いえ、そうではなく……」

「それとも、ベイルさんが、あなたに自分の色のものをプレゼントしてくれたりして！」

　母とメイド達は「きゃー」と盛り上がっている。

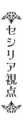

「あの、お母様。ベイル様とはお友達になっただけで……その」

セシリアの話は誰も聞いていない。困っていると、幼い弟がトテトテと歩いてきて、セシリアの膝にピットリとくっついた。

「おねぇさま、きょう、いっしょにねても、いいですか？」

セシリアが弟の髪をなでると、弟はくすぐったそうに笑う。

「そうね、一緒に寝ましょうか」

年の離れた弟をセシリアが抱きかかえると、弟の口から甘い香りがした。

「お菓子を食べていたの？　歯磨きをしないとね。夕食は食べられる？　寝る前にお風呂にも入りましょうね」

セシリアの腕の中で弟が「はーい」と元気に手を上げた。


数日後、ランチェスタ侯爵家に大きな荷物が届いた。

綺麗にラッピングされた箱を受け取ったメイドが「セシリアお嬢様宛です」と教えてくれる。ちょうど母とお茶を飲んでいたセシリアは、荷物を受け取り、差出人を確認した。

「ベイル様からだわ。大きな箱だけど何かしら？」

母は「開けてみなさいよ」と興味津々だ。言われるままにセシリアが箱を開けると、中には若葉を思い出させる優しい色合いのドレスが入っていた。

「わぁ……」

セシリアがドレスを手に取り広げると、シフォン生地でできたドレスがふわりと広がる。ドレスの胸元から腰ラインには、小さく白い花々が飾りつけられていた。

(可愛い……素敵だわ)

それは物語の中に出てくる妖精のようなデザインのドレスだった。セシリアがうっとり見惚れていると、横から母が「あら、青色じゃないのね。可愛すぎるし、あなたには似合わなそう」と現実を突きつけた。

「そうですね……」

言われてみれば、このドレスは憧れのクラウディアをイメージしたようなドレスだった。

(ベイル様は、クラウディア様に似合いそうなドレスを送ってくれたのかしら?)

確かにこのドレスを部屋に飾っておけば、いつでも憧れのクラウディアが側にいるような気分になれる。

(これは、そういう楽しみ方をするためのものなのね。なるほど、さすがベイル様。私よりクラウディア様のファン歴が長いだけあるわ)

母が「あら、まだ何か入っているわよ」と言うので、見てみると箱の底には本が数冊入っていた。

(あ、もしかして、先日のお茶会でクラウディア様が好きだと言っていた本?)

ベイルの心遣いがとても嬉しい。

母に「何かお返ししなくちゃね。ベイルさんは何が好きなの?」と尋ねられたので、セシリアは「ベイル様のご趣味はきちんと把握しておりますわ」とニッコリ微笑んだ。

ベイル視点

ベイフォード公爵家にセシリアからベイル宛に荷物が届いた。

ちょうど朝食を終えたところだったので、同席していた父とクラウディアが興味深そうにこちらを見ている。

「お兄様、セシリア様からですか？」

「ああ」

箱には、二つ折りのメッセージカードがそえられていた。カードを開くとセシリアらしい可愛い手書きの文字が並んでいる。

『ベイル様、素敵なドレスと本をくださりありがとうございます』

（ああ、なるほど）

セシリアに送ったドレスは、春の野原のようで、彼女のために作られたかのようだった。

「前に、俺がセシリア嬢に似合いそうなドレスを送ったので、その礼のようです」

父が「お前が、思いをよせる女性にドレスを送るなんて……。選んだ品が意外とまともで安心したぞ」と失礼なことを言っている。

メッセージカードには続きがあった。

『お礼にベイル様が喜ぶものをお送りします。セシリア』

（俺が喜ぶもの？）

父から「ベイル、開けて見なさい」と指示を受け、箱を開けるとそこにはクラウディアの絵姿が入っていた。

席から立ち上がって箱をのぞき込んだクラウディアが「わ、私⁉」と驚きの声を上げる。ベイルは箱の中の絵姿をふるえる手で取り出した。

「こ、これは、ディアが殿下の婚約者に選ばれた際に、有力貴族達への顔見せも兼ねて限定枚数で配布された、あの希少な絵姿！」

ベイルもほしかったのだが、クラウディアに「お兄様は私の顔を知っているでしょう？　これを持つ必要はありません」ときっぱり断られてしまった。

「こんなに貴重なものを俺に⁉　やはり、俺の婚約者はセシリア嬢しかいない！」

ベイルは改めてそう強く思ったが、そんなベイルを見て父は静かにうなずいた。

「セシリア嬢を逃すと、ベイルは一生結婚できないな」

その言葉を受けたクラウディアは「そうですね。お兄様の幸せのためにも頑張りましょう」と言いながら、深いため息をつく。

「まずは、私がセシリア様にお会いしないと」

父が「どうする？　また茶会でも開くか？」と言うと、クラウディアは「いえ、セシリア様に警戒されないように、できれば偶然を装ってお会いしたいのですが……」と言いながらベイルを見た。

「お兄様、今度お城で開催される夜会に、セシリア様と一緒に参加していただけませんか？」

夜会は苦手だった。ベイルが返事に詰まると、クラウディアは「お兄様が送ったドレスをセシリア様が着てくださると良いですね」と微笑む。

「……わかった。セシリア嬢を誘ってみよう」

夜会への誘いの手紙をセシリアに送ると、セシリアは二つ返事で承諾してくれた。しかも、『ベイル様にお会いできる日が楽しみです』という嬉しい言葉までそえられている。

(俺が夜会を楽しみにする日が来るとはな)

それから、あっと言う間に夜会が開催される当日になり、ベイルは馬車に揺られてランチェスタ侯爵家を訪問した。玄関ホールで出迎えてくれたランチェスタ侯爵夫妻は、とてもにこやかだった。

「ベイルくん、ようこそ」

「セシリアは、すぐに来ますわ」

その言葉通りにセシリアは、すぐに階段から下りてきた。

「お待たせしました。ベイル様」

愛らしい笑みを浮かべるその人は、上品でシンプルなベージュのドレスを身にまとっている。

(これはこれで似合っているが……。セシリア嬢には、俺が送ったドレスのほうが断然似合うぞ)

ベイルが少しもどかしい気持ちになっていると、ランチェスタ侯爵夫人が「早くしなさい」とセシリアを急かした。

ランチェスタ侯爵も「そうだぞ。時間をかけても、お前が地味なことには変わりないのだから」と言いながら何がおかしいのか楽しそうに笑っている。不快な言葉を投げかけられているのに、セシリアは気にした様子もなくニコニコしていた。

（俺は今、どうして不愉快なんだ？）

ベイルは『セシリア嬢が、俺が送ったドレスを着ていないからか？』と考えたが、すぐに違うと首をふる。

（違うな。今のセシリア嬢もとても愛らしい）

ベイルはセシリアの右手を取ると、その手の甲に唇を落とした。驚くセシリアの手を引き、ベイルの腕をつかむように優しく誘導する。妹のクラウディアをエスコートする機会が多かったので、女性のエスコートなら問題なくできる。

その様子を見ていたランチェスタ侯爵が「やはり、華やかなベイルくんと地味なうちの子では、釣り合わんなぁ」と笑ったので、夫人が「おほほ」と笑いながら侯爵の背中を叩いた。

（ああ、なるほど）

殺意にも似たような鋭い怒りが、ベイルの胸の内に渦巻いている。

（俺の『数少ない大切な人』が侮辱されているから、こんなにも腹が立つのか）

ベイルは怒りを押し殺して、セシリアの歩幅に会わせゆっくりと歩き出した。

セシリア視点

セシリアは、ベイルに丁寧にエスコートされながら馬車に乗り込んだ。ベイルと二人きりの馬車内は、なぜか重苦しい空気に包まれている。

反対側の席に座っているベイルを、セシリアがそっと盗み見ると鋭い瞳は、窓の外の流れゆく景色に向けられていた。そのひどく冷たい横顔を見ていると、吹雪にさらされているような気分になってくる。

（ベイル様に初めてお会いした時よりも、無言の圧がすごいわ。私、何か失敗したかしら？）

セシリアが気まずい気持ちのままうつむいていると、ベイルの口からブツブツと「野ウサギ」とか「絶対似合うのに」という謎の独り言が聞こえてきた。

「セシリア嬢」

「は、はい！」

急に声をかけられたので、慌てて顔を上げるとベイルの青い瞳が真っすぐセシリアを見つめていた。

「あなたの家族は、いつもあの調子なのか？」

（もしかして、私の家族が庶民的で貴族っぽくないから、ベイル様に不快な思いをさせてしまったのかも？）

そうだとしても、ウソをついても仕方がないので、セシリアは「あの、はい。いつもあのような感じです」と正直に答えた。

「あなたは両親から暴力をふるわれていないか？」

「ええっ⁉　ないです！　家族仲はとても良いですよ」

セシリアが驚きながら答えると、ベイルは両腕を組んで「ふむ」とうなずく。

「たとえ親しい家族だったとしても、相手を貶《おとし》めるような発言は暴力と同じだ」

「ええ……まぁ、そうですね？」

ベイルが何を言いたいのかわからない。

「俺は冗談でも、俺の大切な人を侮辱されると不愉快だ」

「……は、はぁ、そうなのですか」

よくわからないので、セシリアはニッコリと愛想笑いをした。その様子にベイルは軽くため息をつく。

「すまない。せっかくの夜会だ。この話は忘れてほしい」

ベイルの鋭い瞳に優しさが戻ったのを見て、セシリアはホッと胸をなで下ろした。

「セシリア嬢が送ってくれたディアの貴重な絵姿、とても嬉しかった」

「それは良かったです。もしかしたら、もうお持ちかとも思ったのですが、喜んでいただけて嬉しいですわ」

ちなみに、あのクラウディアの絵姿は、高名な画家に依頼して複製してもらったので、セシリアももちろん持っている。

（クラウディア様を初めてお見かけした夜会のあとに、あの絵姿が父宛に送られてきた時は、本当に驚いたわ）

そのあまりの美しさに『妖精を見ながら描いた』と言っても信じてしまいそうだった。

「クラウディア様は、私の理想を全て詰め込んだような女性です。本当に憧れますわ」

セシリアがうっとりと頬を染めると、ベイルが「俺から見ると、ディアもあなたも、そう違いはないが？」と意味のわからないことを言い出した。

「傍げで羽が生えていて、つい守ってあげたくなるのがディア。愛らしくやわらかそうな毛で覆われていて、ついなでたくなるのがセシリア嬢。それくらいの違いはあるが」

（ベイル様は、なんの話をしているのかしら？）

セシリアは愛想笑いを浮かべて話題を変えた。

「ベイル様に送っていただいた本を読みました。どれも面白かったのですが、呪いをとく王子様のお話が特に素敵でしたわ」

「ああ、継母《ままはは》に呪いをかけられた姫の話か」

憧れのクラウディアが好きな本は、継母《ままはは》に呪いをかけられたお姫様が、王子様のキスで呪いがとけ幸せになるという素敵な物語だった。

ベイルが「もし、俺が王子だったら、あなたが両親からかけられている『地味だ』という呪いを、口づけ一つでといてあげられたのに」と深刻な顔で言った。

「え？」

「俺は騎士だが、あなたさえよければ、ダメもとでいつか試してみても良いだろうか？」

ベイルが形の良い眉を少しだけひそめて、そんなことを言い出したので、意味はよくわからないものの、セシリアの胸はひどくざわめいた。

ベイル視点

俺は騎士だが、あなたさえよければ、ダメもとでいつか試してみても良いだろうか？

その問いの返事をセシリアから聞く前に、馬車は止まり城の夜会会場へと着いてしまった。

ベイルが手を差し出すとセシリアがハッとなり、おずおずと手を重ねる。

（俺は何かおかしなことを言ってしまっただろうか？）

気まずそうにしているセシリアをエスコートしていると、背後から女性の声で「セシリア！」と呼び止められた。ふり返ると見知らぬ金髪の令嬢がこちらに手をふっている。

セシリアは「ベイル様、少し失礼します」と言うと、笑みを浮かべて彼女の元へかけよった。二人は仲が良いようで、両手を繋いでピョンピョンと跳ねている。

（やはりセシリア嬢は可愛いな）

楽しそうなセシリアを微笑ましい気持ちで見つめていると、金髪の令嬢をエスコートしていた男に声をかけられた。

「初めまして」

そう言って微笑む金髪の若い男は、隣国の王族が好んでまとう正装をしている。

「隣国の？」

男は「よくご存じで。まぁ私はしがない第五王子ですが」と言ったが少しも卑屈さは感じられない。

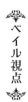

「ベイル＝ペイフォードです」

礼儀を重んじてベイルが先に名乗ると、男は「私のことはレオと呼んでください」と気さくに笑う。

「はい、レオ殿下」

ベイルが右手を自身の胸に当てて頭を下げると、レオは「堅苦しいことは苦手です」と指で頬をかいた。

「私は、あなたがペイフォード家の人間だと知っていて声をかけました。その見事な銀髪は目立ちますからね。実は……」

レオが何か言おうとしたと同時に「レオー！」と金髪の令嬢がこちらに手をふった。

「今行くよ」

レオはベイルを見ると「彼女は私の遠い親戚です。なかなかの美人でしょう？ 婚約者はまだ決まっていません。性格もとても良いですよ、私が保証します」と聞いてもいない話をする。

「ベイル卿、のちほど会場で会いましょう」

「はい」

レオと金髪の令嬢が連れ立って歩き出すと、セシリアがベイルの側に戻ってきた。その表情は晴れやかで、先ほどの気まずそうな雰囲気は無くなっている。

「お待たせしてすみません。友達に久しぶりに会って嬉しくなってしまい」

「気にしなくていい。俺達も行こうか」

ベイルが左手を自身の腰に当てると、その腕にセシリアが右手をそえる。ただエスコートをしているだけなのに、セシリアがためらうことなく自分にふれてくれることが嬉しい。

「ベイル様、さっきの彼女とっても綺麗でしたでしょう？」

「そうだったか？」

よく見ていなかったし、見ていたとしても女性の顔を見分けることも覚えることも苦手だった。

「彼女、まだ婚約者が決まっていないんですよ」

「そうなのか」

「あとからベイル様にご紹介しますね」

ベイルは『別に紹介してくれなくていいのだが』と思ったが、セシリアが花が咲きほころぶように微笑んだので、その愛らしい笑みに見惚れてしまい、気がつけば無言でうなずいていた。

夜会会場になる広間に着くと、無駄に広くて、無駄に華やかで、無駄に人が多かった。

（だから夜会は嫌いだ）

セシリアがいなかったら、またいつものように何かと理由をつけて参加を断っていた。セシリアは顔が広いようで、すれ違う令嬢達に笑顔で手をふっている。ベイルは、セシリアが誰かに手をふるたびに、微笑みかける相手が男ではないことを確認した。

（俺とセシリア嬢は、婚約すらしていないからな）

婚約者候補なんてただの他人だ。セシリアに『他に好きな人がいるの』と言われてしまえば、もう二度と会えなくなってしまう。

（どうにかして、俺に興味を持ってもらわないと……）

その時、会場にファンファーレが響いた。

扉が開き、妹のクラウディアとその婚約者アーノルド王子が手を取り合って仲睦まじく入場した。

クラウディアの美しさに見惚れたのか、会場のあちらこちらから感嘆のため息が聞こえてくる。その場にいた全ての貴族は、皆、笑みを浮かべながらうやうやしく頭を下げた。

隣のセシリアを見ると、ドレスのスカートを少しつまみ優雅に頭を下げている。

（セシリア嬢は、所作も美しいな）

ベイルは自分も頭を下げながら、セシリアの顔をそっとのぞき込んだ。セシリアは、なぜか唇をきつく結び頬を真っ赤に染めている。

アーノルドが王子らしい開会の言葉を告げた。頭を上げた貴族達は一斉に拍手し、会場に音楽が流れだす。

「セシリア嬢？」

まだ頭を下げているセシリアに声をかけると、セシリアは「ひゃい⁉」と謎の声を発しながらビクッと身体をふるわせた。

「どうかしたのか？」

「あ、いえ……」

頬を染めて視線をそらすセシリアが愛らしすぎて、ベイルは急にその頭をなでくり回したい衝動にかられた。

（お、落ち着け、俺の右手。いきなり女性の頭をなでるのは、さすがに失礼が過ぎるぞ！）

気を抜くと暴走しそうになる右手をベイルは必死に握りしめた。

「ベイル様。あ、あの、あそこに、本物の、ク、クラウディア様が……わ、私、き、緊張してしまい！」

普段落ち着いている彼女からは想像できないほど、はわはわと動揺している。

（か、可愛いっ！　このやわらかい髪を思う存分モフりたい！　くっ鎮まれ、俺の右手……）

もはや己の意思では制御不能な右手を、まだ制御可能な左手でがっちりと押さえつけながら、ベイルは苦し紛れに口を開いた。

「お、踊ろう！」

セシリアは、小動物のように大きな瞳をパチパチと瞬かせたあとに「はい」と可憐に微笑んだ。

セシリア視点

踊ろうと誘われたセシリアは、ベイルに手を引かれて、会場の中心へと歩いていった。そこでは、もうすでに数十組のペアがダンスを楽しんでいる。

ベイルはセシリアに向かって軽く頭を下げた。それを受けてセシリアもスカートを少し持ち上げ、膝を軽く曲げる。それはダンス開始の合図だった。二人は手を取り、身体をよせ合う。

（途中からだけど、うまく入れるかしら？）

セシリアの不安をよそに、リードするベイルは、誰にぶつかることもなく、すんなりとダンスの輪へ入っていった。

（私、急にダンスがうまくなった？）

そう思ってしまうくらいベイルのリードは完璧だった。ベイルを見上げると、青い瞳をやわらかく細め、口元には笑みを浮かべている。その視線は、春のように穏やかで温かい。

セシリアは、なぜか心がポカポカと温かくなるような気がした。

（ベイル様は馬車の中で、確かクラウディア様と私が、そう違わないっておっしゃっていたような……？）

微笑みをたたえたベイルの美しい瞳を見ていると、『もしかして、この瞳には、私が魅力的な女性として映っているのかしら？』と、有り得ないことを考えてしまった。

いつもは気になる周囲の視線が、今日はまったく気にならない。くるくると回る景色の中、ベイルがフッと楽しそうに笑ったので、セシリアもつられて笑う。

もう会場に流れている曲すら耳に入ってこなかった。二人だけの世界で、ベイルと呼吸を合わせてステップを踏む。

（楽しいわ）

こんなに楽しいダンスは生まれて初めてだった。まるで魔法をかけられたように心が弾む。

ベイルがゆっくりと足を止めた。ダンスの曲が終わってしまった。

そのとたんに、たくさんの令嬢にベイルは囲まれた。『アンタは、邪魔よ』と言わんばかりにセシリアはその輪の中から押し出される。

ベイルを取り囲む令嬢達は、皆、華やかで美しい。

(ベイル様には、こういう女性がお似合いね)

当たり前の現実を前にして、セシリアはなぜか胸が少しだけ痛んだ。

(ただ、魔法がとけただけ)

気持ちを切り替えたセシリアが、その場から離れようとすると可愛らしい声音で話しかけられた。

「セシリア様」

セシリアがふり返ると、あの憧れのクラウディアがすぐ側に立っていた。上品に輝くゴールドのドレスを身にまとい、真紅のアクセサリーで飾ったクラウディアは、姿絵よりまばゆく、セシリアは頭が真っ白になった。

(あ、あわ、あばわわ)

カクカクと動きなんとかクラウディアに頭を下げると、クラウディアはフフッと女神のような笑みを浮かべる。

(クラウディア様が、私に微笑んで！　ほ、微笑んで!?)

クラウディアは無言になってしまったセシリアの手をそっと握った。

「セシリア様とベイルお兄様のダンス、とても素敵でしたわ」

(あああ、クラウディア様の白くやわらかく、かつ、美しい指が、私の！　私の手にぃぃ!?)

叫びだしたい気持ちを必死におさえていると、クラウディアが「少しお話ししませんか？」と言うので、セシリアは夢見心地でうなずいた。

ベイル視点

セシリアとのダンスが終わると、ベイルはその余韻をかみしめるようにゆっくりと目を閉じた。

（はぁあああ、セシリア嬢が可愛すぎてつらい！）

今までダンスに少しも興味がなかったが、妹のクラウディアのダンスの練習相手をしていて本当に良かったと思う。

（まさか、好きな女性と踊るダンスがこんなにも楽しいとは⁉ さっきは途中からで、すぐ終わってしまったから、もう一度セシリア嬢を誘おう！）

ベイルがカッと目を見開くと、そこにはセシリアはおらず、見知らぬ女性達であふれていた。

「次はわたくしと踊ってくださいませ」

「いえ、私と」

口々にそう言う女性の顔の区別がまったくつかない。視線を動かしセシリアを捜す。

セシリアは、少し離れた場所で妹のクラウディアと話をしていた。こちらに気がついたクラウディアが、微笑みを浮かべたまま、こっそりと右手を二度払う。

それが、まるで邪魔者を追い払うような仕草だったので、『お兄様は、あっちに行っていて』という意味だとすぐにわかった。

（さて、どう時間をつぶすか）

セシリア以外の女性と踊る気はない。踊る意味もわからない。

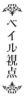

ベイルが無言でその場から立ち去ろうとすると、「ベイル卿」と声をかけられた。声のほうを見ると、先ほど知り合った隣国の第五王子レオだった。

ベイルが立ち止まり、レオに向かって会釈すると、ベイルを囲んでいた女性達がレオに道を空ける。

「今、少しいいですか？」

「はい」

女性達の間から「どちらも素敵」という声が聞こえてくる。

「ベイル卿、ここは人が多い。バルコニーに出ましょう」

「はい」

レオのあとに続きベイルはバルコニーに出た。ひんやりとした夜風が心地好い。喧騒から離れると、愛らしいセシリアと踊れてうわついていた心がスッと静まった。

「殿下。ご用件は？」

「私は回りくどい話が苦手です。簡単に説明すると、我が国のお偉いさん方は、この国の新しい王位継承者であるアーノルド殿下と『お近づきになりたい』と思っています。そこで、アーノルド殿下の婚約者クラウディア様の兄であるベイル卿と『繋がりを作ってこい』と言われました」

レオの顔から笑顔が消える。

「率直に聞きます。私の連れの女性エミーをあなたの婚約者にする気はありませんか？」

「ありません」

ベイルが即答すると、レオは「なるほど」と微笑む。

「さっき踊っていた令嬢があなたの婚約者ですか？」

「いいえ、婚約者ではありません」

「でもあなたは、彼女に好意を持っていますよね？」

ベイルは無言でレオを見た。

「ダンス中にあれだけ熱く彼女を見つめておいて、他の女性達にその無表情じゃ嫌でもわかりますよ」

「そうですね。俺は彼女以外に興味がありません」

レオは「そうですか。だったら、予定変更です。ベイル卿、私と友達になりませんか？　こう見えて、私は意外と使える男ですよ？」と胸を張る。

「ベイル卿が好意をよせる女性は見たところ、自分の容姿に自信がないみたいですよ。ああいうタイプの女性の攻略は簡単です」

「と、言うと？」

ベイルが言葉の先をうながすと「ようやく私の話に興味を持ってくれましたね」とレオが微笑んだ。

「彼女は、自分の外見に自信がないから、いくら外見を褒めても喜んでくれないんじゃないですか？」

レオの言うことに、ベイルは思い当たることがあった。

「ベイル卿が褒めるたびに、彼女は『この人は何を言っているのかしら？』と不思議に思っているかもしれませんね」

「俺は、どうすればいいのですか？」

「簡単ですよ。彼女の望む通りに外見をけなしてあげればいい。そして、けなした上で『そんな君が、私は愛おしいんだ』と愛をささやく。そうすると、『この人は私のことをわかった上で、こんな私を愛してくれるのね。私にはこの人しかいない』とすぐにその男にのめり込む」

レオは「自尊心の低い女性を落とすには、この方法が一番早いんです」と教えてくれた。

「それは嫌です。俺にはできません」

「どうして？」

「彼女は愛らしく美しい。俺は彼女にだけはウソをつきたくない」

レオはあきれたように「ベイル卿は、良い男だねぇ」と急にくだけた口調になり、腹を抱えて笑い出した。しばらく笑ったレオは、笑うのをやめると冷たく目を細める。

「じゃあ、君が落とす前に、私が彼女を落としてしまおう。彼女みたいなタイプは、多少ひどい目にあわされても我慢してしまうから、お飾りの正妻にしておくのにちょうどいい。私が愛人と遊び惚けても黙って耐えてくれそうだ」

（殺意が湧くというのは、こういうことか）

ベイルは『今すぐに、この男の息の音を止めたい』と思ったが、誰を伴侶に選ぶかはセシリア自身が決めることだ。

「そうですね。もし、セシリア嬢がレオ殿下を選ぶなら、俺は大人しく身を引きます。ですが……」

ベイルは、レオのこめかみから唇の端までを、直接ふれないように手刀でなぞった。

「彼女の幸せのために、俺は殿下のお顔に深い切り傷をつけましょう。そうすれば、殿下にまとわりつく女性が減り、彼女の負担も少しはマシになるでしょうから」

ベイルが鋭く睨みつけると、レオは肩をふるわせて笑う。

「ごめん。冗談がすぎたよ。君があまりに真っすぐでカッコいいからうらやましくて。つい悪質な冗談を言ってしまった」

微笑みを浮かべたレオは、ため息をつきながらバルコニーの柵に身体を預けた。

「私はね、連れのエミーのことを愛しているんだ。でも、王子なんて名ばかりで、国での立場が弱くてね。なかなかうまくいかない。今だって、エミーのことを、私にあきらめさせるために、わざとエミーの婚約者探しをさせられている。全て私への嫌がらせさ。情けないけど、正直、君が断ってくれてホッとした。すまない、許してほしい」

ベイルは軽く会釈した。

「こちらこそ、殿下への無礼な言動をお許しください。殿下のお話はとても参考になりました」

「そう？　だったら、これからは君の恋を応援させてよ。ペイフォード家の嫡男と親しくなれば、私の国での価値も少しは上がりそうだしね」

レオはベイルに右手を差し出し握手を求めた。

「ベイル卿、私と友達になってくれないかな？」

己の野望を隠さないレオの言動は好ましい。ベイルはうなずきながらレオの手を取った。

そのとたんに、バルコニーの入り口から「きゃあ」と黄色い悲鳴が上がる。見ると、見知らぬ令嬢

達がこちらを盗み見ていた。

「手を繋いでいたわ」

「頬にもふれていた！」

令嬢達は頬を染め興奮気味にそんなことを言いながら、嬉しそうにその場から走り去る。

レオが「おやおや、私達の間におかしなウワサが立ちそうだね」と楽しそうに微笑む。

「おかしなウワサとは？」

「私達のように、そこそこ見目が良い男が二人きりで親しそうに話していたら『あの二人は恋仲では？』と、ありもしないウワサが立つんだ。ご令嬢方は、そういうウワサも好むから」

「なるほど。勉強になります」

（セシリア嬢も、そういうウワサが好きなのだろうか？）

そんなことを考えながら、ベイルが会場に視線を向けると、妹のクラウディアと目が合った。クラウディアは、隣にいるセシリアに何かを必死に説明したあと、頭が痛そうに額に手を当てる。

ベイルは、『家に帰ったら、父とディアに呼び出されて、またため息をつかれそうな気がする』と、なんとなく未来を察した。

セシリア視点

クラウディアと話していたセシリアは、憧れの人のあまりの美しさに気を失いそうになっていた。

「セシリア様。ベイルお兄様と仲良くしてくださり、ありがとうございます」

「い、いえ。こちらこそ、こちらこそ仲良くしていただいて光栄ですわ！」

そんな会話をしたような気がするが、あまり覚えていない。

クラウディアが優雅にバルコニーに視線を送る。

「あそこにベイルお兄様がいますわ」

「そうですね」

バルコニーは薄暗く顔までは見えないが、それは確かにベイルだった。

「お兄様は、ペイフォード公爵家の騎士団を統率していて、とっても頼りになりますの」

フフッと可憐に微笑むクラウディアにつられて、セシリアも微笑んだ。

「セシリア様は、お兄様のような男性のこと、どう思われますか？」

特に何も考えず、セシリアの口から「とても素敵だと思います」という言葉がするりと出てきた。

「そうですか」と、嬉しそうに微笑むクラウディアの後ろを二人の令嬢が通り過ぎた。二人とも興奮しているようで、高貴なクラウディアの存在に気がついていない。

「今の見た？　ベイル様、レオ様と手を繋いでいたわ！」

「手だけじゃなくってよ！　あのベイル様が、愛おしそうにレオ様の頬にふれてらっしゃったわ！」

令嬢達の会話を聞いて、セシリアは首をかしげた。

（ベイル様が、レオ様と……？　有り得ないわ。ベイル様は、クラウディア様一筋だもの）

おかしなウワサがあるものだと、セシリアが不思議に思っていると、側にいるクラウディアの顔は笑顔のまま固まっていた。そして、何度かうなずいたクラウディアは「あ、えっと……お友達！　そうですわ、お兄様とあの方はお友達なのです！」と教えてくれる。

「お友達……ですか？」

その言葉になぜかセシリアの胸がざわついた。

「はい、そうですわ！」

そう言ったあと、クラウディアはなぜか頭が痛そうに自身の額に手を当てる。そのとたんに、クラウディアの婚約者、アーノルド王子が大股にこちらに近づいてきた。

アーノルドは、そっとクラウディアの肩に手を置くと、「ディア、大丈夫？」と心配そうな顔をする。

「大丈夫よ」

アーノルドに微笑みかけたクラウディアは、セシリアに視線を戻した。

「セシリア様、今日はお話しできてとても楽しかったです。また今度、お茶会に招待させてください」

「……は、はい！　喜んで」

セシリアの返事を聞いたクラウディアは嬉しそうに微笑むと、アーノルドにエスコートされながら会場をあとにした。休憩室で休むのかもしれない。

（クラウディア様、大丈夫かしら……）

クラウディアの背中を見送り、セシリアがポツンと一人で立っていると、ベイルに声をかけられた。

その後ろには、ウワサのレオがいる。なるほど、美しい男性が二人で並んでいる姿は、とても絵になっていた。

（お二人は、お友達……）

セシリアは、なんとなくベイルの一番の友達は自分だと思っていたことに気がついた。

（そうよね、ベイル様にだって、仲の良いお友達くらいいるわよね。私ったら自意識過剰だわ）

恥ずかしくてベイルの顔が見れない。そこに、ダンスが終わった友人のエミーが近づいてきた。

「ねぇ、レオも一緒に踊りましょうよ」

「私はいいよ。楽しんでおいで、エミー」

レオが微笑みを浮かべてエミーに手をふると、エミーは不満そうに口をとがらせた。

「もう、レオはいっつも付き合いが悪いわね。いいわよ、セシリアに遊んでもらうから！」

エミーは、セシリアの腕に自分の腕を巻きつけた。

「あっちに行こ、セシリア」

「あ……」

ベイルを見ると、『行っておいで』というように穏やかにうなずいている。エミーにぐいぐいと腕をひっぱられ、今度はセシリアがバルコニーに出ることになった。

冷たい夜風が頬をなで、火照った身体を冷やしてくれる。エミーはセシリアの腕を離すと、バルコニーの柵に両手をかけた。

「はぁ、気持ちいいね！」

「そうね」

笑顔だったエミーの顔は、ため息と共に急に暗く沈んだ。

「セシリア、私の話を聞いてくれる？」

「うん、どうしたの？」

いつも明るいエミーが落ち込んでいるなんて珍しい。

「私さ、レオのことが好きなの」

「え？」

「でもさ、あの調子でぜんぜん相手にされなくて……」

エミーの口から「はぁ」とまた重いため息が出る。

「レオに『私のこと好き？』って聞いたら、いつも『誰よりも大切だよ』って返ってくるの。何よそれって感じよね」

口元には笑みが浮かんでいるが、エミーの瞳は悲しそうで、声は少しふるえている。

「今なんてさ、レオが私の婚約者探しをしているのよ？　最低でしょ？　もういいかげんレオのことはあきらめないとダメだってわかっているんだけど、なかなか決心がつかなくて……」

エミーの目尻に涙が浮かぶ。

「ずるいよね。ひどいよね。私のことが本当に大切だったら、『お前なんて大嫌いだ』って言って、きっぱりあきらめさせてくれればいいのに！」

ポロポロと涙を流すエミーを抱きよせ、セシリアはその背中を優しくなでた。

「セシリア、私、苦しいよ！」

「そうね……」

セシリアの腕の中で、ひとしきり泣いたエミーは赤く腫れた目をこすりながら、顔を上げた。

「そういえば、セシリアの話って何？」

「ううん、それはもういいの」

（ベイル様の婚約者候補として、エミーを紹介しようと思っていたけど、それどころじゃないわね）

笑顔に戻ったエミーに「セシリアは、恋してないの？」と尋ねられる。

「恋、恋ねぇ……。ほら、私って地味だから。なかなか恋愛は……」

エミーは不思議そうに首をかしげた。

「セシリアって地味なの？」

「え？　そうでしょ？」

セシリアを上から下まで眺めたエミーは「別に地味じゃないわよ。ただ、言われてみればドレスとか、髪型とかメイクは地味かも？　でもそれって、あなたが好きでやっているのかと思っていたわ」

「私が、自分で地味に……？」

「違うの？　誰かに無理やりそのベージュのドレスを着せられたの？」

「そうじゃないけど……」

夜会の準備をする時、確かにセシリアは自分でこのドレスを選んだ。でもそれは決して好きだからではない。

「私にはこういうのが似合うかと思って……」

エミーは「うん、だからあなたが好きで着ているんでしょう？」と聞いてくる。

「好きかどうかで聞かれると……」

セシリアは、自分の部屋に飾っているベイルからもらった妖精のように愛らしいドレスを思い出した。

「……本当は、私ももっと可愛いドレスが着たいわ。でも、似合わないから……」

「似合わないって誰が言ったの？　そいつはレオと同じくらいひどい奴だわ！　私が文句を言ってやる！」

拳をふり上げたエミーに「そうじゃないわ」とセシリアは慌てて否定する。

「そうじゃなくて……」

「じゃあ、なんなの？」

エミーの質問にすぐには答えられない。セシリアはありったけの勇気をふりしぼった。

「わ、私も可愛いドレスを着ていいの？」

「あったり前じゃない!?」

驚きながらもそう言い切ったエミーを見て、セシリアは少しだけ泣きたくなった。

ベイル視点

夜会からの帰り道。馬車の中で、セシリアはずっと様子がおかしかった。

何かを深く考え込んでいるようで、一言も口にしない。いつもとあまりに違うのでベイルは内心あせっていた。

(俺が何かしてしまったのだろうか？　ダンスの時か？　それとも、レオ殿下とのウワサが原因か？)

いくら考えても答えは出てこない。考えることを止めたベイルは、セシリア本人に聞くことにした。

「セシリア嬢」

名前を呼ぶと、セシリアはようやくこちらを見てくれた。その大きく丸い瞳に自分が映っていることに安堵する。

(夜会の途中から、目すら合わせてもらっていなかったからな。俺のことを『もう視界にすら入れたくない』というわけではなさそうだ)

ベイルは一度咳払いをすると、「俺が何かしてしまっただろうか？」と単刀直入に聞いた。「え？」と呟き、小首をかしげるセシリアの仕草がとても可愛らしい。

「何か悩んでいるように見えるのだが？」

「あ、それは……」

セシリアはまた視線をそらしてしまう。

「よければ俺に話してくれないか？　何か役に立てるかもしれない」

黙ってしまったセシリアを根気強く待っていると、小さな声で「ドレス……」と聞こえてきた。

「ドレス？」

ベイルが聞き返すと、セシリアはうつむいてしまう。

「あの、ベイル様にいただいた素敵なドレスを……わ、わ」

セシリアはギュッと自身のスカートを握りしめ、覚悟を決めたように顔を上げた。

「わ、私が着ても良いでしょうか？」

最後のほうは声が消えそうになっている。

「もちろん。着てくれるととても嬉しい。あれはあなたに似合いそうだと思って贈ったのだから」

ベイルが当たり前のことを伝えると、セシリアの頬は真っ赤に染まった。

「え？　あれは私のドレスだったのですか？」

「え？　あなたに贈ったドレスを、あなた以外の誰が着るんだ？」

見つめ合ったまま、馬車の中に沈黙が下りた。

セシリアはさらに赤くなると「そうだったのですね」と、恥ずかしそうに自身の頬に手を当てる。

(なんだ、この可愛い生き物は!?)

ベイルは、またセシリアの髪をなでくりまわしたい衝動にかられたが『それはダメだ』とグッとおさえた。

「どうしてあのドレスが、あなたのものではないと思ったのか、理由を聞いても良いだろうか？」

「とても素敵なドレスだったので、私には似合わないと思ったのです。てっきり、クラウディア様をイメージしたドレスなのかと……。なので、部屋に大切に飾らせていただいています」

「そういうことか。なら、やっぱり、あなたは呪いにかかっている」

「呪い……ですか？」

行きの馬車でも伝えたが、あの時はセシリアに伝わっていないような気がしていた。ベイルは、ふいにレオの言葉を思い出した。

彼女は、自分の外見に自信がないから、ベイル卿が褒めるたびに、『この人は何を言っているのかしら？』と不思議に思っているかもね。

ベイルは真っすぐセシリアの瞳を見つめた。

(確かに伝わっていなかったようだ。でも、あの時とは違い、今なら伝わるような気がする)

「セシリア嬢。あなたは、あなたのご両親に日常的に『地味だ』と言葉で侮辱されている。どうかその言葉を『仕方ない』と受け入れないでほしい」

ベイルは手を伸ばし、セシリアのやわらかい髪にそっとふれた。

「俺は冗談でも、俺の大切な人を侮辱されると不愉快だ」

「大切な人……？」

「もちろん、あなたのことです」

「私、ですか？」

よほど驚いたのか、セシリアは何度も瞳を瞬《またた》かせている。

馬車がゆっくりと止まった。もうランチェスタ侯爵邸に着いてしまった。しばらくすると、馬車の御者がうやうやしく扉を開ける。

ベイルが先に降りて、エスコートしようと待っていると、まだ放心状態のセシリアがフラフラと立ち上がった。

（危なっかしいな）

予想通りセシリアは馬車の乗り口で足を踏み外した。

「危ない！」

ベイルは、とっさにセシリアを抱き止めた。あまりの軽さに驚いていると、腕の中にいるセシリアからとても良い香りがする。

「……呪いがとけるか、今、試してみても？」

「え？」

セシリアの返事を聞く前に、ベイルはそっとセシリアの額に口づけをした。

第三章

呪いがとけたら

The reborn lady wants to revenge but she is deeply loved by her fiance.

セシリア視点

セシリアがハッと我に返ると、右手にスプーンを持っていて、なぜかそのスプーンでお皿の上にあるパンを食べようとしていた。

「あ、あれ？　私はいったい……？」

食卓テーブルをはさんで座っている父と母が、心配そうにこちらを見ていた。もう食事が終わったのか、幼い弟の姿はない。

母が「昨日の夜から、ずっとぼんやりしているわね。熱でもあるんじゃないの？」と言い、メイドに体温計を持ってくるように指示した。

「いいえ、大丈夫です。少し考え事をしていて……」

父は「夜会で何かあったのか？」と眉をひそめた。

「そういうわけではありません」

ただ昨日、馬車から降りたあとの記憶がはっきりしない。

（確か、ベイル様が送ってくださって、馬車から降りた時、私が足を踏み外してしまって……）

とたんに、ベイルのたくましい腕やがっしりした身体を思い出し、瞬時に顔が熱くなる。

（そうだったわ。私が落ちそうになったから、ベイル様が抱き止めてくださったのよね）

助けてもらっただけなのに、今感じているこの恥ずかしさは、前にベイルにお姫様だっこされた時の恥ずかしさとは、また種類が違うような気がする。

（そのあとに、ベイル様が『呪いをとく』とかなんとか言って……）

額に押しつけられたやわらかい唇の感触を思い出してしまい、セシリアは勢いよく食卓テーブルに顔を伏せた。

「セシリア⁉」

両親の驚く声が聞こえる。

（そうだったわ。ベイル様が私の額にキスして……）

あまりに予想外の出来事に、情報処理が追いつかず、そのあとから今まで記憶が飛んでしまっていたらしい。

父が「いったい何があったんだ⁉ ベイルくんに何かされたのか⁉」と鼻息を荒くしたので、セシリアは慌てて顔を上げて「何もされていません！」と首をふる。

両親は顔を見合わせた。

「あなた……。やっぱり、セシリアは夜会で嫌な目にあったのよ」

「そうだな。あのベイルくんの隣に、セシリアみたいな地味な子がいたから、きっと嫌がらせでもされたんだろう。可哀想に」

両親は内緒話というには大きすぎる声でそんなことを言い合っている。それを聞いたセシリアの頭に、急にベイルの言葉が浮かんだ。

あなたはあなたのご両親に日常的に『地味だ』と侮辱されている。どうかその言葉を『仕方ない』

と受け入れないでほしい。

（ベイル様は、ああ言ってくださったけど、今の私は確かに地味だわ。でも、これからは可愛くなる努力をしてもいいのかもしれない）

ベイルはウソをつかない。短い付き合いだけど、セシリアはそれだけは確信が持てた。

（ベイル様は『私とクラウディア様はあまり違いがない』って。でも、『可愛いの種類は違う』って、おっしゃっていたわ）

『地味だから』とあきらめるのではなく、これからは『自分なりの可愛いを探してみたい』と今なら思える。

「お父様、お母様、新しいワンピースを一枚買っても良いでしょうか？」

我が家はお金に困っていないが、記念日以外に贅沢品を買う習慣はなかった。

父は憐れむような表情で「一枚と言わず、好きなだけ買っていいぞ」と言ってくれた。母は「いつもの服飾屋を呼びましょうか？」と聞いてくれたが、セシリアは首を左右にふった。

（いつもの人達は、きっといつものように地味なものを勧めてくるわ。それでは何も変わらない）

「いいえ、街に買い物に行きます」

母は、傷ついた我が子を憐れむような瞳を向けている。

「そうね。気分転換してきなさい」

「ありがとうございます」

（でも、さすがに一人で行くのは勇気がいるわね。エミーを誘ってみようかしら？）

お誘いの手紙をエミーに送ると『いいよー！』とすぐに手紙で返事をくれた。しかし、それには続きがあって、『レオも一緒に行きたいって言っているの。あと、ベイル様も誘ってほしいんだって。嫌なら私からレオに言っておくから、遠慮しないで言ってね』と書いてあった。

（できればエミーと二人で行きたいけど……。もしかしたら、これをきっかけにエミーとレオ様の仲が進展するかも？）

エミーには恋を叶えてぜひとも幸せになってほしい。

（うん、私は二人を応援しよう！　ベイル様に事情を説明したら、協力してくれるかも？）

セシリアがベイルに手紙を送ると、翌日には『事情はわかった。俺も協力しよう』と返事が届いた。

「良かったわ」

当初の目的の『可愛くなるための買い物』ということをすっかり忘れて、セシリアは「よし、エミーのために頑張るわよ！」と気合を入れた。

ベイル視点

セシリアの誘いで街へ買い物に行くことになり、ベイルはものすごく安堵していた。

（前の夜会で、俺はいろいろやらかしてしまったからな）

夜会に参加した次の日、いつものように書斎に呼び出されたベイルは、父とクラウディアに盛大にため息をつかれてしまった。

「ベイル、お前が『隣国のレオ殿下と恋仲だ』というウワサが令嬢の間で急速に広まっているらしいぞ」

「誤解です」

「わかっている。問題は、セシリア嬢がこのことについてどう思っているかだ」

それはベイルも気になっていた。できれば本人に聞きたかったが、帰りの馬車では聞けるような雰囲気ではなかった。

ベイルが『どうしたものか』と思っていたところに、セシリアから『買い物に一緒に行きませんか？』という内容の手紙が届いたので、ペイフォード家の一同は胸をなで下ろした。

セシリアからの手紙によると、当日はレオとエミーも一緒に行くらしい。当初はエミーだけを買い物に誘っていたが、レオも一緒に行きたいと言いだし、かつ、ベイルも誘ってほしいと言ってくれたそうだ。

（レオ殿下が俺の恋を応援すると言っていたのは本当だったのだな）

そういう流れだったので、四人で買い物に行く当日。ベイルはレオに会ったとたんに、「ありがとうございます」と頭を下げた。レオは人差し指を口元に当てると「ね？　私は意外と使える男でしょう？　ベイル卿は、もっと恩を感じてくれていいんだよ」と笑みを浮かべる。

「俺のことは、ベイルとお呼びください」

「おや、さっそく親しくなれて嬉しいよ。私のこともレオと呼んでくれ。敬語もなしだ」

「しかし……」

ベイルがためらうと、レオは「君と親しいほうが、私は都合が良いんだよ」と人懐っこく笑う。

その様子を見ていたエミーが「レオはベイル様と、いつの間にそんなに仲良くなったの？」と不思議そうにした。

「内緒だよ。それより、今日はどこに行くんだい？」

エミーは、隣にいたセシリアと親しそうに腕を組む。

（エミー嬢は、セシリア嬢との距離が近いな）

正直、その距離感はうらやましい。

「今日はねぇ、私達のドレスとアクセサリーを買うのよ。レオは荷物持ちだからね！」

レオは「はいはい、女性の買い物は長いからなぁ」と言いながら、愛おしそうな視線をエミーに向けている。

（セシリア嬢が新しいドレスとアクセサリーを買うのか……。それはものすごく楽しみだ）

ベイルは内心ワクワクしながら、前を歩くセシリアとエミーのあとに続いた。隣を歩いているレオに「とてもわかりにくいけど、よく観察するとベイルは意外と顔に出ているね。今はとても嬉しそうだ」と言われて驚いた。

「レオはすごいな。俺の感情は、いつもわかりにくいと言われているのに」

レオは「まぁ、人の顔色を読むのは得意だからね」と笑う。

（その割には、エミー嬢から向けられている好意には気がついていないのだな）

レオは、周囲の顔色や気持ちはわかっても、愛している女性の本心には気がつかないらしい。

セシリアの手紙には『できれば、二人の仲を進展させたい』と書かれていたが、色恋のことはさっぱりわからないので役に立てそうにない。

エミーが「このお店に入ろう」と言いながらセシリアの手を引っ張った
レオに「ベイル、どうする？　私達は外で待っておくかい？」と聞かれたので、「いや、着飾った
セシリア嬢が見たいから俺も中に入る」と真剣な表情で返すと、腹を抱えて笑われた。

「想像以上の溺愛っぷりだね。ベイルが失恋したら死人が出そうだ」

「それは、俺がショックで死ぬということか？」

「違うよ。セシリア嬢が愛した男を、ベイルが殺しちゃいそうってこと」

「そんなことは……」

『ない』とは言い切れない自分に、ベイルは驚いた。

セシリア視点

エミーが言うには、街の大通りには、貴族を相手にする高級な店ばかりが立ち並んでいるそうだ。

馬車で店に乗り付けられるように、石畳の道は、幅が広く綺麗に舗装されている。

セシリアとエミーは一緒に馬車に乗り、ベイルやレオは各自、馬に乗ってここまで来た。

エミーが「ゆっくり歩きながら見たい」というので、セシリアたちが乗ってきた馬車は大通りの入

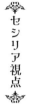

り口周辺のスペースに止めた。

「セシリアはどこか行きたいところある？」とエミーに尋ねられたが、買い物自体が初めてなので何もわからない。

「私は、いつも家に来てもらっていたから、お店でお買い物をしたことないの」

「そうなんだ！　じゃあ、私のおススメのお店に連れていってあげる」

エミーに手を引かれ、白い外壁の可愛らしいお店に入った。

「セシリアは、夜会の時に『可愛いドレスが着たい』って言っていたでしょう？　ここのドレスはみんな可愛いよ」

店内には色とりどりでさまざまなデザインのドレスが並んでいた。ドレスの多くは花やリボンで飾られていて、とても可愛らしい。

（もし、お父様とお母様がここにいたら、『似合わないからやめなさい』って言われているわね）

でも、エミーは「あ、これ、セシリアに似合いそう！」と薄ピンクのドレスを指さした。そのドレスは胸元に細かい刺繍があり、腰には細いリボン、そしてスカートには何層にもフリルが重ねられている。

「可愛い……」

エミーに「着てみようよ」と言われて「え？」とセシリアが戸惑っている間に、店員を呼ばれてしまった。

「これ、この子が試着するわ」

店員はうやうやしく頭を下げると、素早くトルソーからドレスを外した。

「お嬢様。どうぞこちらへ」

セシリアが案内され個室に入ると、中には女性店員が二人待機していて、「こちらへどうぞ」と微笑む。

慣れた手つきでドレスを脱がされ、あっと言う間にピンクのドレスを着せられる。女性店員がセシリアの腰の回りのサイズを調整し仮止めした。

鏡の前に立たされたセシリアは、店員に「どうですか？」と笑顔で聞かれる。

鏡に映ったドレスはとても可愛かった。でも、可愛いドレスだけが浮いて見えて、地味な自分に似合っていない。

「ドレスは可愛いけど……」

セシリアが『似合わないから、いりません』という前に、店員達に素早く椅子に座らされた。セシリアが驚いている間に、一人の女性に「髪型をドレスに合わせますね」と言われ、もう一人の女性は「メイクもドレスに合わせてピンク系にしてみましょう。お粉が目に入ると大変なので、目をつぶっていてください」と言い、セシリアの返事も待たずに作業に取りかかる。

（髪型やメイクを変えたくらいじゃ、私の地味さは変わらないと思うけど……）

セシリアが大人しく目をつぶってされるままになっていると「はい、できましたよ」と声をかけられた。

期待せずに目を開き、セシリアは鏡の中の自分を見つめる。

「あ、れ？」

さっきはドレスだけが浮いて見えたのに、髪型とメイクをドレスに合わせると違和感がなくなっている。店員は花をかたどったピンクと白の髪飾りを、セシリアの髪につけて満足そうにうなずいた。

「素敵ですわ！」

「とてもお似合いです。お嬢様はお肌が白く、華奢なので淡いピンクが映えますわね」

（そんなこと、初めて言われたわ……）

それが店員の仕事とはいえ、褒められると素直に嬉しい。

（ずっと、ブラウンの髪にブラウンの瞳が地味だと思っていたけど、おしゃれに髪色や瞳の色は関係ないのね）

店員達のおかげで、試着している可愛いピンク色のドレスは、セシリアが着ても問題ないように見えた。

「では、お連れの方に見てもらいましょう。ずっと試着室の前で待っていらっしゃいますよ」

「そうね、エミーの意見も聞きたいわ」

セシリアが試着室から出ると、ベイルと目が合った。

「え、ベイル様？　あの、エミーは？」

驚いてセシリアが尋ねると、なぜかベイルから返事はなかった。

「ベイル様？」

確かにベイルと視線が合っているのに、声をかけても返事はない。

（……もしかして、このドレス、似合ってない？）

浮かれていた気分が消え去り、サァと血の気が引いていく。

「す、すみません！　すぐに着替えてきます」

セシリアが試着室に戻ろうとすると、ベイルに無言で腕をつかまれた。こちらを見つめるベイルの目元が赤くなっているような気がする。

無言のまま見つめ合っていると、女性店員達が静かにベイルの側にやってきた。

「このドレスには、このイヤリングがおススメです」

ベイルはうなずき「いただこう」と真顔で答えた。

別の女性店員が「ネックレスは、小ぶりなデザインと、大ぶりなデザイン、どちらにいたしますか？」と、ベイルに尋ねる。

「両方だ」

女性店員達は、いつの間にかセシリアではなくベイルに商品を勧めている。

「靴は、こちらとこちらが」

「両方いただこう」

「青いドレスもお持ちしましょうか？」

「ああ、頼む」

「銀色のアクセサリーは？」

「もちろん必要だ」

会話の中から外されたセシリアは、すぐに試着室へと戻された。

女性店員達に、着せ替え人形のように、色んな青いドレスを着せられていく。そして、着るたびに鏡ではなく、試着室の外で待っているベイルの前に立たされた。

女性店員達も、ベイルも真剣そのものだ。

「お嬢様は、薄い色味がお似合いですね。ただ、少し大人っぽい濃い青のデザインも良くお似合いです」

「両方いただこう」

「シルバー系のアクセサリーは、どのお色のドレスにも合わせられます。靴もシルバーにしてみては？」

「そうだな。では、そうしよう」

「ワンピースはこちらに」

「良い趣味だ。一〇枚ほど選んでくれ」

店員達と話の区切りがついたようで、ベイルはまた満足そうにうなずいた。

「今、選んだものを全てランチェスタ侯爵家に送ってくれ。支払いはペイフォード公爵家へ」

「ええっ⁉」

セシリアが驚くと、逆にベイルに驚かれた。

「枚数が足りなかっただろうか？」

「違います、多すぎです！　あと、支払いをペイフォード公爵家って⁉」

女性店員達は、うっとりしながら「素敵な婚約者様ですね」と瞳を輝かせている。

（私、ベイル様の婚約者じゃないのに……）

セシリアが困ってうつむいていると、ベイルが「セシリア嬢の意見を聞かず、勝手に選んですまない」と謝ってきた。

「い、いいえ、それは良いんですけど」

（……あれ？　良くないのかしら？）

たくさんのドレスやワンピースを試着したせいで疲れてしまい、もう何がなんだかわからなくなってきた。

ベイルの青い瞳に見つめられながら、「お願いだから受け取ってほしい」と言われてしまうと、うなずくしかない。

「あの、ありがとうございます」

セシリアがお礼を言うと、ベイルが急にふわっと優しい笑みを浮かべたので、女性店員達は、商売も忘れてベイルに見惚れてしまっている。

「セシリア、疲れただろう？　何か食べに行こう」

優しくベイルに手を引かれた。

「ちょっと待ってください。私、まだ試着したままで……」

レース生地の水色のワンピースを着てしまっている。

ベイルが「これに合う靴を」と言うと、すぐに店員が白い靴を持ってきた。その靴には小さな白い花飾りがたくさんついている。

「可愛い」

セシリアが思わずそう呟くと、「ああ、可愛いあなたに良く似合う」と、またベイルが笑ったので、瞬時に頬が熱を持った。

(ベイル様って、私にものすごく甘いような気がする。前に私のことを『大切な人だ』って言ってくれたけど、それは私が大切な友達って意味よね？　好きだと言われたわけじゃないし……)

エミーも大好きなレオに『大切だよ』と言われ、『相手にされていない』と悲しんでいた。

(そう考えると『大切』って切ないわね)

セシリアは、ふと『私がベイル様の本当の婚約者だったら良かったのに』と身のほど知らずなことを考えてしまい、しばらく顔を上げることができなかった。

ベイル視点

店を出るとセシリアに「エミーとレオ様は、どちらに？」と尋ねられた。ベイルが「せっかくだから、しばらく二人にしてあげよう」と返すと「そうですね」とすぐに笑顔で納得してくれる。

(俺がセシリア嬢と、二人きりになりたいだけだがな)

それだけではなく、本当にレオとエミーを二人にしたほうがいいとも思うのでウソはついていない。

水色のワンピースを身にまとうセシリアは、とても美しかった。彼女が歩くたびにシルバーのイヤリングがゆらゆらと揺れている。

(セシリア嬢が、俺の目の色と俺の髪色をまとっている)

自分の色に身を包むセシリアを見ていると、ベイルは胸の内に湧いたどす黒い支配欲のようなものが満たされていくのを感じた。彼女は俺のものだと大声で叫んでいるような気分にすらなってくる。

(何が『妹』だ。妹にこんな感情を抱いてたまるか)

セシリアにふれたかった。ただそれは、彼女が野ウサギのように愛らしいからではない。ベイルの目の前にいるのは、美しく可憐な一人の女性だ。

(俺はもう、今までのように、下心なく彼女にふれられない)

隣を歩くセシリアが立ち止まり「あ、これクラウディア様に似合いそうですよ」と輝くような笑みを浮かべたので、『相変わらず、俺には興味がないのか』と不機嫌になってしまう。

大人げなく「俺に似合いそうなものはないのか?」と聞くと、大きな瞳をパチパチさせたあと、「ベイル様は、とても素敵なので、なんでもお似合いですよ」と褒められてすぐに機嫌が直ってしまった。

(いや、このままではダメだ。なんとかセシリア嬢に俺を見てもらわなければ!)

ふと気がつけば、高級店街を通り抜けて広場まで出てきてしまっている。セシリアが「少しここで待っていてもらえますか?」というので、ベイルが大人しく待っていたら、露店で何か箱のようなものを買って戻ってきた。

「ベイル様、これを見てください」

セシリアが持っている箱にベイルが顔を近づけると、中から勢いよく木彫りの鳥が飛び出した。バネで繋がれた鳥は、大きく左右に揺れている。

「ビックリ箱か」

「あれ？　ぜんぜん驚きませんね？」

「ああ」

そんなことよりも、ビックリ箱で驚かそうとしてきたセシリアが可愛すぎて、ベイルは内心悶えていた。

（うっ、ぐ、発想が、発想が！　か、可愛すぎるだろう！）

セシリアは「そうですか……。弟のお土産に買ったのですが喜んでもらえないかもですね」としょんぼりしている。

「弟がいたのか？」

「はい、とっても可愛いんですよ」

その言葉にベイルはモヤッとした。

「……仲は良いのか？」

「はい、一緒に寝たり、あとは……」

セシリアは無邪気な笑みを浮かべる。

「一緒にお風呂に入ったりしています」

その言葉にベイルは激しくむせた。

「だ、大丈夫ですか⁉　ベイル様⁉」

心配するセシリアを、ベイルは「だ、大丈夫だ」と右手で制する。

「それより、セシリア嬢は、今……なんて言った？」

「大丈夫ですか？」

「それではなく！　ほら、弟と！」

「あ、一緒にお風呂に入る、ですか？」

（俺の聞き間違いではなかった！　なんだそれは⁉　姉弟の仲が良いの次元を超えているぞ⁉）

ベイル自身、妹のクラウディアのことを可愛がっている自覚はあった。周囲には「過保護すぎる」やら「溺愛しすぎ」「いいかげん妹離れしなさい」などと言われたこともある。

今までは、どうしてそんなことを言われるのかわからなかったが、たった今わかった。

（たとえ血が繋がっていても、男女だからだ！）

距離感を間違えてはいけない。

（今なら、俺がどうして婚約を断られまくったのかがわかる）

夫になる相手がたとえ妹であったとしても、自分以外の異性を溺愛していると良い気はしない。

（実際に、今、俺はセシリア嬢の弟にものすごく嫉妬をしている！）

ただ、セシリアは『妹を溺愛しているベイル』のことを、友達として快く受け入れてくれた。

（だからこそ、俺が『弟を溺愛しているセシリア嬢』を受け入れないわけにはいかない）

自身の内側からあふれ出す黒い感情を必死におさえながら、ベイルはセシリアに話しかけた。

「弟は、その、どういう気持ちでセシリア嬢を……？」

「はい、いつも『おねえさま、だいすき』って言って抱きついてくれますよ」

（……殺したい）

軽く殺意を覚えて、ベイルは慌てて首をふる。

（ダメだ！　セシリア嬢の実の弟だぞ!?　殺してどうする!?　それより、一度会ってどんな男なのか直接判断したほうがいいな）

ベイルがそんなことを考えていると、セシリアが、ものすごく恥ずかしそうに、ものすごく言いにくそうに「あの、ベイル様。食事にしませんか？　私、お腹がすいてしまって……」と呟いた。

（がはっ!?）

愛おしい人の羞恥の表情に瀕死のダメージを受けながら、ベイルはひとまず弟問題を先送りにした。

セシリア視点

ベイルはセシリアを『クラウディアがお気に入りのお店』に連れていってくれた。

（ここがクラウディア様のお気に入りのお店！）

憧れている女性の新情報に、セシリアは前のめり気味に食いついた。

その店は、周囲が木で覆われていて、まるで森の中にある隠れ家のような雰囲気だ。

（妖精さんが出てきそうだわ。さっすがクラウディア様）

ベイルに「気に入ったようだな」と言われたので、セシリアは「はい！」と、つい熱い返事をしてしまう。

二人で店の中に入ろうとしたとたんに、背後から「もういい！」と女性の大きな声がした。セシリアが驚いてふり返ると、エミーがこちらに向かって走ってきていた。その後ろにはレオの姿も見える。

エミーはセシリアの腕を持つと、怒った顔のまま「セシリア、一緒に食べよ！」とセシリアを店の中へ引っ張った。

「あ、でも、ベイル様が……」

「ベイル様はレオと食べるわよ！　男同士のほうが、気が楽でしょ！」

言われてみればそうかもしれない。

「わかったわ。エミー、一緒に食べましょう」

とりあえず席に着くと、エミーが食事のメニューから、適当におススメランチを選び、二つ注文してくれた。注文を取った店員が席から離れたとたんに、エミーの表情が暗くなる。

「何があったの？」

エミーは顔を苦しそうに歪めたあと、「レオが……」と呟いた。

「レオが、ベイル様みたいな男性と結婚すると幸せになれるって。『じゃあ、私がベイル様と結婚したらレオは嬉しいの？』って聞いたら、『そうだね』って……」

エミーの瞳から大粒の涙がポロポロとあふれる。

「今日の買い物、私はすごく楽しみにしていたけど、レオからすればベイル様と私をくっつけるためだったみたい」

その言葉を聞いて、なぜかセシリアも胸が苦しくなった。

(エミーとベイル様はとてもお似合いだわ)

二人は家柄も容姿もつり合いが取れている。

(私も、少し前まで、二人をくっつけようとしていたくらいだもの)

エミーは、泣きじゃくりながら両手で顔を覆ってしまう。

「わ、私、もうレオのことなんて知らない……うう、ううっ、私、ベイル様と結婚する……」

その言葉を聞いて、セシリアは頭から冷水を浴びせられたような気分になった。そして、セシリアは気がついてしまった。

(私はベイル様のことが好きなのね……。お友達ではなく、一人の男性として)

ただ、それを口にするにはもう全てが遅い。

(エミーがつらい想いをふり切って、ようやくベイル様と幸せになる決心をしたとたんに、私もベイル様のことが好きだと気がついてしまうなんて……)

どうして、ベイルとのダンスが夢のように楽しかったのか？

どうして、『ベイル様が本当の婚約者なら良かったのに』と思ったのか？

今まで気がつこうと思えば、気がつくチャンスはいくらでもあった。でも、セシリアは気がつかないふりをした。ベイルが好きだと気がついてしまうことが怖くて、無意識に必死に心にフタをしていた。

それなのに、ベイルを取られそうになると、手のひらを返して自分の恋心を認めてしまった。それは、『ベイルを取られたくない』と、駄々をこねる子どものようで、とても恥ずかしいことのように思えた。

(私ってこんなにも、浅ましい人間だったのね)

浅ましい人間は、ベイルの隣に立つ資格はない。

セシリアは、ニッコリと笑顔をつくった。作り笑いや、愛想笑いは昔から得意だった。子どものころから両親に『お前は地味なんだから、せめて愛想くらい良くしておきなさい』といつも言われていたから。

「エミー、私、あなたの新しい恋を応援するわ」

芽生えたばかりのベイルへの淡い恋心を無理やりなかったことにすると、セシリアの瞳に少しだけ涙がにじんだ。

ベイル視点

突然現れたエミーに腕を引かれて、セシリアは先に店内に入ってしまった。ベイルは怒りを覚えながら、隣に立っている男の名を呼んだ。

「レオ」

レオからは「すまない」と、しおらしい返事が返ってくる。

「エミーを怒らせてしまった」

「そんなことはどうでもいい。俺とセシリア嬢を巻き込むな」

レオは「私はベイルがうらやましいよ」と呟いて顔を歪めた。

「好きな女性に好きなだけドレスやアクセサリーを買ってやれるんだから。自分の財産を持っていない私なんて、エミーに髪飾りの一つも贈ってやれない」

薄笑いを浮かべ全てをあきらめたような表情のレオに、無性に腹が立つ。

「レオ、お前がほしいのは金か？　権力か？　それともエミー嬢か？」

「ベイル、金と権力がないとエミーは手に入らないんだよ」

「だったらお前は、エミー嬢から金と権力が消えたら愛せなくなるのだな」

「そんなわけないだろう⁉」

「なら、エミー嬢だって、金も権力もないお前を愛してくれるかもしれないだろうが！」

黙り込んだレオに、ベイルはさらにたたみかける。

「好きな女の前で自分を良く見せようとするな！　レオ、今のお前は、ものすごく無様だぞ！」

ベイルはレオの胸ぐらをつかんだ。視線を合わせようとしないレオを睨みつける。

「俺とセシリア嬢の時間を邪魔した罪は重い。レオ、今すぐエミー嬢に告白してこい。さもないと……」

「さもないと？」

鼻で笑ったレオに、ベイルは低い声で静かに伝えた。

「お前を殺す」

ベイルの言葉は本気だった。レオは目をわずかに見開いたあと、覚悟を決めた男の目になる。

レオは胸ぐらをつかんでいたベイルの手を払うと「無様ついでだ。盛大にふられてこよう」と明るく笑った。

レオが店内に入りしばらくすると、エミーが店から飛び出してきた。何を思ったのかエミーは、ベイルの腕にしがみつく。

「レオ、今さらなんの用!? 私はベイル様のことが好きなの！ もうベイル様と結婚するから！」

ベイルは無表情に、エミーの腕を思いっきりふり払った。エミーがよろけてこけそうになるのを、レオが慌てて抱きとめる。

「エミー嬢。レオも悪いがあなたも悪い。どうして、そう遠まわしな言い方や態度で相手を試すようなことばかりするんだ？」

「え？」と小さく呟いたエミーに、ベイルは淡々と語りかけた。

「夜会で、レオ以外の男と楽しそうに踊ったあと、あなたは『レオも一緒に踊りましょう』と誘っていたな。どうして、『レオと踊りたい』と真摯に誘わない？ あなたは一度でも、レオに『本当にしてほしいこと』や『自分の本当の気持ち』を伝えたことがあるのか？ それが恋のかけ引きなのかもしれないが、俺に言わせれば、エミー嬢、あなたはとても卑怯だ」

エミーはうつむいたあとに、「レオ、ごめんね」と呟いた。

「いや、私のほうこそ今まではっきりさせなくてごめん。君に見合うだけの財産と権力がどうしてもほしかったんだ」

「そんなの……」

「うん。そんなのいらなかったんだね」

レオはエミーの右手を握りしめた。

「エミー、ずっと君のことが好きだったんだ。私の初恋は君だし、君以外の女性は愛せない。何も持っていない私だけど、どうか君の愛がほしい」

「レオ……」

エミーは涙を浮かべるとレオの胸に飛び込んだ。その様子を見ながらベイルは『そういうことはよそでやってくれ』とあきれた。

ようやくお互いが素直になった迷惑すぎるカップルの横を通りすぎて、ベイルが店内に入ると、セシリアが店員に「お騒がせしてすみません」と必死に頭を下げていた。

「そんなっ、お嬢様のせいではありませんよ！」と言う店員の肩にベイルは手を置いた。

「この場にいる全ての客の代金をペイフォード公爵家が支払う。店への迷惑料として、二倍にして請求してくれ」

「は、はい！」

返事をした店員は満面の笑みを浮かべている。

「ベイル様」

驚いているセシリアの手を優しく引いてベイルは席に座った。

「遅くなってすまない。食事にしよう」

「あ……はい」

返事をしたセシリアは、なぜかどことなく元気がないように見えた。

セシリア視点

向かいあって座ったベイルに、セシリアは「エミーとレオ様はどうなりましたか？」と尋ねた。

というのも、レオが店に入ってきたかと思うと、急にエミーに「好きだ」と告白した。それを聞いたエミーは「はぁ⁉ 今さらなんなの！」と叫んで店から飛び出していってしまったので、何が起こったのかセシリアにはまったくわからなかった。

「あの二人は、うまくいったようだ」

「えっ⁉ そ、そうなのですか⁉」

（エミーがベイル様と結婚するという話はどうなったのかしら？）

よくわからないが、セシリアは内心、ものすごくホッとしている自分に気がついた。

（せっかく気がついたこの気持ち、ベイル様に伝えないと）

それが、恋の終わりを意味するものだとしても、伝えないという選択肢はなかった。覚悟を決めてしまえば、もう迷うことはない。

静かに食事を終えて店から出た。

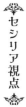

(いつ言うべきかしら?)

セシリアが告白のタイミングを探っていると、ベイルが「今日はもう帰ろう」と言った。

「え?」

「いろんなことがあったし、あなたも疲れているようだ」

「いえ……私は」

セシリアの返事を最後まで聞かずに、ベイルは馬車を止めている場所に向かってズンズンと歩いていく。

(まだ告白していないのに、帰りたくない)

セシリアは必死で言いわけを考えた。

「あの、エミーを捜さないと! 彼女も同じ馬車で来たので」

「あの二人はここに置いていく。あなたと俺に迷惑をかけた罰だ。レオの馬があるから相乗りすれば帰れるだろう」

そんなことを話していると、ランチェスタ侯爵家の持ち馬車の前にたどり着いてしまった。

ベイルが「今日はとても楽しかった」と言ってくれた。彼は自分の馬で来ていたので、セシリアと同じ馬車に乗ることはない。

(どうしよう、ベイル様が行ってしまう)

とっさにセシリアはベイルの服の袖をギュッとつかんだ。ベイルが驚いて目を見開いている。

「ベイル様」

名前を呼ぶと、ベイルは驚きながらもこちらを真っすぐに見つめてくれた。その鋭い瞳を向けられても、出会ったころのように『怖い』とも『逃げ出したい』とも思わない。

「わ、私……」

なかなか続きの言葉を言えなくても、ベイルは決して急かしたりはしない。いつも静かにセシリアを待ってくれる。それだけではなく、『綺麗』や『可愛い』などの嬉しい言葉をたくさん贈ってくれた。

「……騎士様のおかげで、呪いがとけました」

もう地味だからと全てをあきらめたりはしない。

「私、これからは、もっと自分を大切にします。そう思えるようになったのは、ベイル様のおかげです。だから……」

感情が高ぶり、セシリアの手はふるえ瞳には涙がにじんだ。

「だから、私は呪いをといてくださった騎士様のことが、すっすっ好きになってしまいました！」

怖くてベイルの顔が見れない。うつむきギュッと目を閉じると、こらえていた涙がこぼれた。

「セシリア、今すぐ馬車に乗ってくれ」

「え？」

セシリアが顔を上げるとベイルは静かに怒っていた。今まで一度も見たことがないほど怖い顔をしている。

「……あ、すみません、私……」

「これ以上、しゃべらないでくれ」

「……はい」

絶望と共に口を閉じると、セシリアは静かに馬車の乗り口に足をかけた。

（ベイル様を怒らせてしまったわ。私、間違ったんだわ。身のほど知らずに思いを告げたから）

セシリアが馬車に乗り込むと、こらえきれず声を押し殺して泣いてしまう。そのとたんに、ぐっと力強く腕を引きよせられた。気がつけばセシリアは、抱きかかえられるようにベイルの膝の上に座っている。

「まったくあなたという人は、あんなに人通りが多いところで、あんなに可愛い顔をして、あんなに可愛いことを言うなんて……」

ベイルはブツブツと文句を言いながら、左腕を伸ばして馬車の戸を閉めた。馬車の御者は、二人が乗ったことを確認したようで、ゆっくりと馬車が動き出す。

「べ、ベイル様？」

セシリアが状況を理解できずにいると、ベイルがセシリアの髪を優しくなでた。その手は頬をなぞり、あごを軽く持ち上げる。

「ベイル様？」

返事はなく代わりにベイルの端正な顔が近づいてきた。

「きゃあ!?」

セシリアは、驚いて両手でベイルの顔を押しとどめる。

「セシリア？」

「は、はい？」

「この手をどけてくれないだろうか？」

「でも、どけると……」

キスしてしまう。

「セシリア、愛している」

セシリアが驚いて固まっていると、グググッとベイルが顔で押さえている手を押してきた。ベイルに力で勝てるわけもなく、唇が重なってしまう。今まで味わったことがないやわらかい感触に、セシリアの思考は停止した。

だいぶ時間がたったあと、ようやくセシリアが我に返って『……私、ベイル様とキスしている？』と気がついた時には、ベイルに、はむはむと唇を食べられていた。

「きゃあ!?」

セシリアが思いっきり身をよじり、ベイルの膝の上から下りようとすると、素早く後ろから抱きしめられ阻止されてしまう。セシリアの耳元で「暴れると危ない」と、ベイルの声が聞こえた。

ベイルはブラウンの髪に頬ずりしたり、まるで香《かぐわ》しいものでも嗅ぐように、セシリアの首元の匂いを嗅いだりしている。

（く、くすぐったい……。でも、不思議と嫌じゃないわ、けど……すごく、すごく恥ずかしい！）

あまりの恥ずかしさに泣きそうになりながら、『私が気を失う前に早く家に着いて』とセシリアは

切実に願った。

ベイル視点

ベイルは馬車の中でセシリアを膝の上に乗せ、背後から抱きしめながら、セシリアの髪の毛のやわらかさを堪能していた。

(至福とは、こういうことをいうのか)

セシリアの髪を指ですくたびに、陽だまりのように優しい香りがする。

(ずっと嗅いでいたくなる香りだ)

「セシリアは、どこの香水を使っている?」

同じものを買って部屋に置きたい。

「こ、香水ですか? 使っていません」

(ということは、これはセシリア自身の香りか。なら、これからは、抱きしめるたびにこの香りを嗅げるということだな)

ベイルが嬉しくなってセシリアをギュッと抱きしめると「きゃあ!?」とまた悲鳴が上がる。耳や首を真っ赤にして、腕の中でふるえるセシリアに不安になり、ベイルは「嫌か?」と今さらながらに確認した。

「い、い、嫌ではないです……。で、でも恥ずかしくて……」

ふるえながらも逃げようとはせず、両手で顔を覆うセシリアが可愛くて仕方ない。

（この馬車は、一生、ランチェスタ侯爵家に着かなければいい）

ベイルの希望を叶えるように、馬車はのろのろと走っている。

「セシリア、結婚式はいつ挙げたい？」

セシリアからは「ええ!?」と驚く声が返ってきた。

「私達、まだ婚約も正式に交わしていませんよ？」

「そうだな、急ぎ婚約しよう」

少し後ろをふり返ったセシリアが不思議そうに、「どうして、そのように急ぐのですか？」と聞いてきた。

「それはもちろん、あなたを愛しているからだ」

真っ赤に染まったセシリアの頬に口づけすると、またセシリアの可愛い悲鳴が上がる。

幸せいっぱいの時間を過ごしていると、ゆっくりと進んでいた馬車が、ランチェスタ侯爵家に着いてしまった。ベイルのエスコートを受け、馬車から降りてきたセシリアは足元がフラついている。

（セシリアは、しっかりしているように見えて、危なっかしいところがあるからな。まぁ、そこが彼女の可愛いところだ）

ベイルが抱きかかえようとすると、セシリアがベイルを避けるようにピョンと後ろに跳ねた。

「お姫様だっこは、やめてください」

セシリアに、涙を浮かべながら上目づかいでお願いされる。

(なんだ、この可愛い顔は)

つい見惚れてしまう。その間に、セシリアは「ベイル様、今日はありがとうございました」と勢いよく頭を下げ、小走りに屋敷の中へと消えていった。

名残惜しいし、できるならもっとセシリアにふれていたい。

(一刻も早く、結婚式を挙げよう)

ベイルは固く決心した。

第四章

幸せになる覚悟

The reborn lady wants to revenge
but she is deeply loved by her fiance.

ベイル視点

ベイフォード公爵家に戻ってきたベイルの行動は迅速だった。父に『セシリアと思いが通じた』ことを告げ、改めてランチェスタ侯爵家に、婚約に関する書面を送ってもらった。

それとは別に、セシリアへのプレゼントとして花束に手紙をそえて送った。

いつもはすぐに返事をくれるセシリアから、なぜか三日たっても返事が来ない。

「おかしいな？」

四日目に父の書斎に呼び出された。書斎に入ると、父は書斎机には座っていなかった。いつもいるクラウディアの姿もない。

「ベイル」

名前を呼ぶ父の声が、あまりに深刻で胸騒ぎがした。

「ランチェスタからの返事だ」

硬い表情で父から渡された手紙を見ると、それはランチェスタ侯爵からだった。

そこには、『婚約は受け入れない。これはランチェスタの意向であり、セシリア本人の意思だ。今後、一切うちの大切なセシリアに近づくな』という内容が書かれていた。

そして、『もし、近づくようなことがあれば、クラウディア嬢がアーノルド殿下の婚約者に相応しくないと、国王陛下に異議申し立てる』という内容の文面もあった。

「父上……。なんですか、これは？」

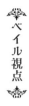

「それはこっちの台詞だ。セシリア嬢とうまくいったのではなかったのか？」

「セシリアとは、お互いに愛を誓いましたし、結婚の話もしました」

「だったら、ランチェスタがウソをついているということだな？」

「はい」

ベイルは確信を持って返事をした。

「お前がセシリア嬢に騙されたという可能性は？」

「絶対にありません。彼女はそんな人ではない」

「なら、ベイル。もう一度セシリア嬢の気持ちを確かめてこい。もし、ランチェスタがウソをついているのなら……」

スッと父の目が細くなり、冷酷な色を帯びた。

「我が一族を欺《あざむ》いたことを、ランチェスタに死ぬほど後悔させてやろう」

「はい」

父に深く頭を下げると、ベイルは書斎をあとにした。大股で廊下を歩きながら『どういうことだ？』と自問する。

(あの日、確かにセシリアは俺のことを好きだと言ってくれた)

馬車の中では恥ずかしがってはいたが、嫌がってはいなかった。

(いや、もしかして、俺が好き勝手しすぎて、本当は嫌がっていたのか……？)

ベイルの顔からサァと血の気が引いていく。そういえば、セシリアは『お姫様だっこは、やめてください』と涙を浮かべていた。

（いや、待て。悩んでいる時間が惜しい。セシリアに会って確かめるまで何も考えるな）

それから、ベイルはすぐに自馬に跨《また》がりランチェスタ侯爵家までかけたが、予想通り門前払いを食らいセシリアには会わせてもらえなかった。

（セシリアの本心を聞くまで手荒な真似はしたくない。人を使うか）

ベイルは急ぎ、セシリアの友人のエミーのことを調べた。調べると、エミーが隣国と隣り合わせの領地を治めるグラハム侯爵の令嬢だとわかった。

（なるほど、グラハムなら、隣国の王子と親しくしていても不思議はないな）

グラハム侯爵家は、曾祖父くらいの時代に、隣国の姫を妻に迎えている。

（そういえば、レオとエミー嬢は遠い親戚と言っていたな）

エミーに手紙を送ると、すぐにレオが手紙の返事を持ってペイフォード家を訪ねてきた。レオが運んできたエミーの手紙には、『私がセシリアに会ってみる』と書かれていた。そして、『レオの話を聞いてみて』とも。

「話とは？」

座るように勧める余裕もなくベイルが尋ねると、レオは「落ち着いて聞いてほしい」と、もったいぶった前置きをした。

「我が国の公爵家のバカ令息が、セシリア嬢に求婚したらしい」

ガンッと大きな音が鳴ったかと思うと、ベイルは思いっきり壁を殴っている自分に気がついた。

「話はそれだけじゃない。そのバカは、慎ましい女性を好むんだ。まぁ、そう言うと聞こえはいいけど、実際は女性を蔑視している。気に入らないことがあれば、すぐに女性に手をあげて怪我をさせたり、怒鳴りちらしたりするクズ男で我が国では有名なんだ」

「そのクズが、どうしてセシリアを？」

「そりゃ、クズなことがバレている自国で婚約者を探せないから、クズのウワサが広がっていない他国で見繕おうと思ったんじゃないかな？　セシリア嬢は大人しそうで、いかにもあのクズ男が好みそうな女性だよ」

ベイルは、もう一度壁を強く殴った。

「なるほど、ランチェスタは隣国の公爵家からの求婚を受けるために、俺からの婚約を断ったと？」

「状況から判断すると、そうだろうね。そのクズ男の家は、とても裕福だから繋がっていて損はない。私の国とこの国は、同じ女神様の祝福を受けているから、神殿的にも結婚に問題がないんだ」

「だとすると、セシリアは……」

（ランチェスタ家の繁栄のために、本当に自分の意思で俺との婚約を断ったのかもしれない）

レオもそう考えたようで、「セシリア嬢みたいなタイプは、自分の願いより家族の願いを優先してしまいそうで怖いね」と言った。

（だが……）

セシリアは、『これからは、もっと自分を大切にします』と言ってくれた。

「俺はセシリアを信じる」

「やれやれ、ベイルは何が起こってもカッコいい。本当に憧れてしまうよ」

ベイルは、レオを鋭く睨みつけた。

「クズ男を他国にとき放つな！　しっかり鎖に繋いでおけ！」

レオは「私に言われてもねぇ」とあきれて首をすくめた。

セシリア視点

セシリアは自分のベッドの上で目を覚ました。熱が下がったのか、頭はもう痛くない。

（ベイル様にお手紙を書かなくちゃ……）

ベイルと買い物に行ったあと、恥ずかしすぎて逃げるように別れてしまったことをセシリアは後悔していた。

（でも、急に、あ、あ、あんなことを！）

馬車内でのことを思い出しただけで、また熱が上がりそうだ。

あの日は、ベッドに潜り込んでもドキドキが治まらず、少しも眠ることができなかった。初めての買い物で疲れたのか、睡眠不足が良くなかったのか、次の日の朝になると、セシリアは熱を出してしまった。

二日後の今朝になって、ようやく熱が下がったところだ。

セシリアが部屋のすみに目を向けると、綺麗に包装された大量の箱が積み上げられていた。それは全てベイルが買ってくれたドレスやワンピース、アクセサリーだ。寝込んでしまったせいで、箱はまだ一つも開けていない。

ベッドから降りて、セシリアは箱を一つ手に取った。そっと包装紙を取り、開けてみると中には薄い黄色の可愛らしいワンピースが入っていた。

(ベイル様が、私のために選んでくださったワンピース)

まるで自分がこのワンピースのように可愛くなれたような気がした。少なくとも、ベイルは『このワンピースがセシリアに似合う』と思ってくれている。

(これからは、毎日可愛い服を着るわ。メイクだって髪型だって、いろいろ試して自分の可愛いを探していくの)

扉がノックされメイドが入ってきた。セシリアに気がつくと「お嬢様、起き上がって大丈夫なのですか⁉」と心配してくれる。

「もう大丈夫よ」

「でも、二日も熱が下がらなかったのですよ」

「熱が下がったのに、ずっと横になっているのはつらいわ。少しくらい動いたほうが身体にいいと思うの」

セシリアがニッコリと微笑みかけると、メイドは「そうですか？」と心配そうにしながらも引き下がってくれた。

「ねぇ、このワンピースを見て」

「あら？　素敵なワンピースですね」

「そうでしょ？　私、もう地味はやめるの。今日は、このワンピースに合わせたメイクと髪型にしてくれる？」

「はい、もちろんです！」

メイクが終わり全ての準備が整うと、鏡の中には新しい自分がいた。鏡に映るセシリアはまるで魔法をかけられたみたいに嬉しそうに笑っている。

（ベイル様は、騎士様だけど、私を幸せにしてくれる魔法も使えるみたい）

そんな物語のようなことを考えながら、セシリアは姿見の前でくるりと回った。

「お嬢様、お食事はどうしますか？　ここに運びましょうか？」

「いいえ、お父様とお母様も心配していると思うから、皆と一緒に食べるわ」

「かしこまりました」

メイドは頭を下げ静かに部屋から出ていった。しばらくすると、父と母がそろってセシリアの部屋を訪れた。セシリアを見たとたんに、母がホッと胸をなで下ろす。

「熱が下がったのね。良かったわ」

「ご心配おかけしました」

「本当にもう、この子ったら……あら？」

母はセシリアが着ている新しいワンピースに気がついたようだ。

「どうですか、お母様」

スカートを少し広げて聞いてみると、父と母は何かを言いたそうに顔を見合わせていた。母が優しい声で話しかけてくる。

「ねぇ、セシリア。男性の趣味に合わせて、自分自身を変える必要はないの。そんなことをしていたら、あなたの身が持たないわ」

「え？　どういう意味ですか？」

母がチラリと父を見ると、父は深いため息をついた。

「買い物から帰ってきた時も、そして今も。今までのお前の趣味とはまったく違う服を着ているじゃないか。ペイフォードの息子に何を言われた？　そういう服を着ろと強要されているのか？」

「違います！　あれは私がほしくて！」

「だったらそれは洗脳だ！　ペイフォードの息子は、ありのままのお前を愛していないんだ！　そんな男、ろくでもない！」

「違います！　私は……」

母がそっとセシリアを抱きしめて「ああ、可哀想なセシリア」と言った。

（違う……）

父が「地味なことは良いことなのだ。慎ましやかな女性こそ幸せになれる」と言った。

（違う……）

「わ、私は、可哀想でも、地味でもありません」

父と母は困ったように顔を見合わせた。その表情を見たとたんに魔法がとけて、自分自身をすごくみすぼらしく感じてしまう。

さっきまでは確かに幸せだったのに、今、鏡の中にいるのは、釣り合わない男性に恋をして、似合わないワンピースを着て喜んでいる可哀想なセシリアだった。

「セシリア、これ以上、恥をさらすな。いいかげん、現実を見るんだ。俺がお前に合った婿を探してきた。その方は、ありのままのお前を見て一目惚れしてくださったそうだ」

「そうよ。あなたはそのままでいいの。どうして自分を変えようとするの？」

セシリアは悔しくて涙があふれた。

（……私がおかしいの？）

ふと、ベイルの声がよみがえる。


呪いがとけるか、今、試してみても？


そう言って、ベイルはセシリアの額に優しくキスをしてくれた。

（私は、信じたい人の言葉を信じるわ。ベイル様を信じる。呪いになんて負けない）

涙を流して肩をふるわせながら、セシリアは父と母を見た。

「お、お母様って、可哀想ですね」

「まぁ！　セシリア、急に何を言うの失礼ね！」

「お、お父様って地味で、目立ちませんね」

「俺を愚弄《ぐろう》するのか!?」

「そうです。お母様、『可哀想』は失礼です。そうです、お父様『地味』は相手を愚弄《ぐろう》する言葉です」

「お前は何を言って……」

「じゃあ、どうしてあなた達は、いつも私に『可哀想』や『地味』と言うのですか?」

二人は黙り込んだ。

「自分が言われたら嫌なのに、私には、失礼な言葉や愚弄《ぐろう》する言葉を言っても良い理由はいったいなんですか?」

「子どもの分際で生意気な口をきくな!」

父が声を荒げた。いつも冗談を言って笑っているような人なので、怒鳴られたのは初めてだった。

「我がランチェスタ侯爵家は、代々こうして生きてきたんだ! これがランチェスタの美徳なんだ!」

「でしたら、お父様も私のように、子どものころからずっと『地味』だと言われて生きてきたのですね……。可哀想なお父様」

父が怒りの表情を浮かべて右手をふり上げた。パンッと乾いた音が鳴り、セシリアの左頬が痛みと共に熱を持つ。

「あなた!」

母が父を止めるようにしがみついた。

「お前がこうなったのは、全てペイフォードの息子のせいだ! 俺はお前達の婚約など認めんぞ!」

セシリアは、返事はしなかった。

「セシリア、お前はわかっていない！　お前には幸せになってほしいんだ！」

「私の幸せは、私が決めます」

怒りで顔を赤く染めた父は、「お前が反省するまで部屋から一歩も出さんからな！」と叫び出ていった。残った母はとても悲しそうな顔をしている。

「あなた、いったいどうしてしまったの？」

セシリアはうつむいて、何も答えなかった。しばらく黙り込んでいると、母がため息をつきながら部屋から出ていった。

「う、うう」

悔しくて悲しくて涙があふれた。セシリアは目が腫れるほど泣いたあとに、ベイルが贈ってくれたプレゼントを一つずつ開けていった。

綺麗な箱を開けるたびに、ベイルに『可愛い』『綺麗だ』と言われているような気がして、また涙があふれた。

第五章

それぞれの戦い

The reborn lady wants to revenge
but she is deeply loved by her fiance.

ベイル視点

ベイルが何度ランチェスタ侯爵家に手紙を送っても返事はなく、友人のエミーですらセシリアに会わせてもらえなかった。

(エミー嬢でも無理だったか)

いつの間にかペイフォード家に居座って、ソファでくつろいでいるレオに、「どうするの?」と聞かれた。

「ベイル。セシリア嬢に求婚したクズ男、この国に着いたみたいだよ。このままだと、セシリア嬢がクズ男に嫁がされてしまう」

「ランチェスタ侯爵は、その男がクズだとわかっているのか?」

レオは、手のひらを上にしてひょいと両手を上げる。

「さぁね。ただ、ランチャスタくらいの家柄と資産なら、わざわざ娘をクズ男に嫁がせる意味がないから、知らないんじゃないかな?」

「ランチェスタ侯爵は、騙されているということか?」

「うーん、その可能性が高いね。相手も必死に自分がクズなことは隠しているだろうし、他国のことだから情報もつかみにくい」

スラスラと質問に答えるレオをベイルは睨みつけた。

「だったら、レオ。自国だけではなく、他国にも精通しているお前の情報網は、いったいなんなんだ？」

クズ男がセシリアに求婚したことは、ペイフォード公爵家ですらつかんでいない情報だった。情報をつかんでいなければ、父でも事前に阻止することはできない。

どうやら、この件は隣国の公爵が、直接ランチェスタ侯爵に連絡を取り、内密に話を進め婚約を取りつけたらしい。

そのように極秘裏な情報を、後ろ盾もない第五王子のレオがいったいどうやって知ったのかベイルは不思議だった。

レオは「私はただ口の軽い友人が多いだけさ。皆、私に力がないことを知っているから、利用されることを警戒せずに面白い情報を垂れ流してくれる」とニヤリと口端を上げる。

(なるほど、わざとそういう人種と付き合って、情報収集をしているのだな)

レオの人を見抜く力は素晴らしい。そして、相手に危機感を与えず懐に潜り込む才能がある。

「それがお前の社交界での生き方か。ならば、俺と取引をしよう」

レオは少し驚いたあとに「内容によるけど？」と、笑いながらソファから立ち上がった。

「レオ、お前は財産と後ろ盾がほしい。俺はクズ男からセシリアを守りたい」

「ベイル、何度も言うけど、私は回りくどい話が苦手なんだ。簡潔に話してほしい」

「お前がクズ男の鎖《くさり》になるんだ」

「私が？　鎖《くさり》に？」

「クズ男の存在は、隣国の公爵も頭が痛いことだろう。俺が、クズ男をワナにはめて裁判で訴える。

お前はクズ男の味方をして仲裁に入れ。俺がお前の顔を立てて裁判を取り下げる。そうして、お前は公爵とクズ男に恩を売れ」

「ダメだよ、ベイル。今、社交界では、君とセシリア嬢のことで持ち切りなんだ。皆、好き勝手なウワサ話をして、事の成り行きを眺めている。現状で、そんなことをすると、ベイルがクズ男にセシリア嬢を取られたから、腹いせに裁判を起こしたというウワサが立ってしまう。君の名誉が傷つくよ」

「俺の名誉など、どうでもいい。死ぬわけでもないし問題ない」

「なるほどね。じゃあ、ベイルは、セシリア嬢がいないと死んでしまうから名誉が傷つくことよりも大問題だとでも言いたいの？」

「そうだ」

　ベイルが真顔で答えると、レオにため息をつかれた。

「この国の貴族は、何よりも名誉を重んじるって聞いていたけど？」

「俺は貴族の前に騎士だ。そして、騎士である前に、セシリアの生涯の伴侶でありたい」

「はぁ……。君がカッコ良すぎて腹が立ってきたよ」

　レオはあきれた顔で「で？　クズ男とその父の公爵に、恩を売ったあと、私は何をしたらいいの？」と聞いてきた。

「内側から壊せ」

「簡単に言うけど、どうやって？」

「それは、お前のほうが理解しているのではないか？　俺には人の感情の機微はよくわからんからな。

これからは、俺がお前の後ろ盾になろう。人材でも情報でもなんでも提供してやる。だから、財産は好きなだけ隣国の公爵から奪え」

レオは「ああ、そういうことか」と微笑んだ。

「ようするに、クズ男を私の傀儡《かいらい》にして公爵に恩を売りつつ、最終的に公爵家を乗っとれってこと？」

「そうだ。俺が全面的に協力してやる。ただし全て極秘裏に行う必要がある。両国の間に、もめ事を起こしたいわけではないからな」

「だから、表立っては、私が動くんだね」

レオは腕を組んで首をかしげた。

「どうしてだろう？　難しいことのはずなのに、ベイルが言うととても簡単にできるような気がする」

「できる。お前ならな」

ニッコリとレオが笑った。

「なるほど、君はカッコいいが、とても怖い男だ。敵に回したくない」

「レオ。お前がもし敵だったら、俺も苦労しただろう」

レオが差し出した右手を、ベイルは力強く握り返した。

セシリア視点

セシリアが部屋に閉じ込められてから二週間がたった。その間に、母が何度か部屋に来て「いいかげん、お父様に謝りなさい」と言われたが、セシリアは決して謝らなかった。

(謝るくらいなら、このまま部屋に閉じ込められているほうがいいわ)

セシリアは、毎日部屋の中でベイルが買ってくれた服を着て、綺麗に身なりを整えた。そのうち、メイドが「こうして見ていると以前のお洋服は、お嬢様には地味すぎましたね」と言ってくれた。

その言葉がセシリアはとても嬉しかった。

そんなある日、エミーが訪ねてきた。部屋に通されたエミーは「やっと会えたー!」とセシリアにかけよる。

「エミー、どうしたの?」

「どうしたの、じゃないわよ! もーう、心配したんだから!」

セシリアは、ギュッとエミーに抱きしめられた。

「今、大変なことになっているのよ!」

エミーは青ざめながら外のことを教えてくれた。

「……え? ペイフォード公爵家が、隣国の公爵家を相手取って裁判を起こしているの?」

ブンブンと音が鳴りそうなくらいエミーは勢い良く首を縦にふっている。

「ど、どうして裁判を?」

「そりゃ、あなたを助けるためじゃない！」

「ええっ？」

状況がまったく理解できない。

「今、隣国の公爵家の令息が、あなたに求婚しているの。聞いてない？」

「そういえば、お父様が、私に相応しい相手を見つけてきたって言っていたような？」

「その男、とんでもないから！」

エミーが言うには、その男は気に入らないことがあるとすぐに怒鳴ったり、女性に暴力をふるって怪我をさせたりと、かなりひどい人物のようだ。

「レオから聞いたんだけど、そいつは何をされても従順に従う女性を好むらしいわ。それで、大人しそうなあなたが目をつけられたんじゃないかって」

セシリアは、エミーの話を聞いてゾッとした。

（これが、お父様の言っていた『私の幸せ』なの？）

自分の感情に目をそらし、両親から地味で可哀想と言われつづける娘の末路は、思っていた以上に悲惨だ。

「レオは、『ランチェスタ侯爵は、隣国の公爵に騙《だま》されているんじゃないか』って言っていたわ。私も、あなたのお父様が、あんなひどい男とあなたを結婚させるとは思えない」

セシリアもそうだと信じたかったが、父への期待はすでに消えてなくなってしまっている。

「ベイル様は、何度もあなたのお父様とお話ししようとしたんだけど、相手にされなくて……。でも、ベイル様が裁判を起こしたから、これから求婚相手の素行の悪さが明らかにされていくわ。そうなったら、あなたのお父様だって、この婚約を取り下げてくれるはず」

「そうだったのね……ベイル様が……」

ベイルのことを思うと心が温かくなる。

買い物に行った日から、ベイルとは一度も連絡が取れていなかったが、不思議と不安に思うことはなかった。それは、部屋いっぱいにベイルが贈ってくれたものがあったからかもしれないが、何よりベイルの誠実さをセシリアは知っていた。

エミーがギュッとセシリアの手を握る。

「ベイル様から伝言よ。『必ず迎えに行くから待っていてほしい』って」

その言葉を聞いて、とっさにセシリアは首を左右にふったのでエミーがとても驚いた。

「私、待っているのは嫌。これ以上、ベイル様にご迷惑をかけたくないの」

「そんな……」

慌てるエミーの手を、今度はセシリアが握りしめる。

「私、お父様にこの部屋から出ないように言われていて、監視もされているの」

戸惑うエミーの瞳を、セシリアは真っすぐ見つめた。

「だから、エミー、ここから脱出するの手伝って！」

エミーは「あ、なんだ、そういう話？」とホッと安堵のため息をついた。

「そういうことなら、喜んで手伝うわ！　実は、私、あなたのお母様に『セシリアがお父様に謝るように説得してほしい』と頼まれてここに来たの」

「そうだったの……」

その言葉を聞いて、セシリアの中で、『お母様は、いつかは私のことをわかってくれるかもしれない』という、母への淡い期待が脆《もろ》く崩れていく。

「あなたのお母様に、『説得するためには、セシリアの気分転換が必要』って言ってくるわ。今から、お庭で私とお茶会をするのはどう？　隙を見て私が乗ってきた馬車で、一緒に逃げちゃいましょ！」

エミーはニッコリと微笑んだ。

「うん！」

「そうと決まれば、すぐにあなたのお母様にお庭に出る許可をもらってくるわ！」

そう言って部屋から出ていったエミーは、宣言通りにセシリアが部屋から出る許可をもらってきてくれた。

庭でエミーと二人きりのお茶会をしながら、セシリアはこっそりと周囲を見回す。側にはメイドが二人控えているものの、他に監視の目はない。

エミーが小声で「さすがにあなたが脱出するとは、誰も思っていないのでしょうね」とささやいた。

セシリアは「私もエミーからベイル様のお話を聞くまで、脱出しようなんて思っていなかったわ」とささやき返す。

「でも、エミーからベイル様のお話を聞いたとたんに、ものすごくベイル様に会いたくなったの」

今は、自分でも不思議なくらいこの家から出ていくことに迷いがない。

（幼い弟を置いていくのは、気がかりだけど……）

ベイルなら、弟をどうしたらいいのか、何か良い方法を教えてくれるかもしれない。

エミーが「少しお庭を歩きましょう」と言って立ち上がった。セシリアはエミーと並んで歩き出す。

メイドの姿が見えなくなると、二人で顔を見合わせて小さくうなずいた。

エミーが乗ってきた馬車が見えたとたんにエミーが立ち止まる。

「ダメだわ。私の馬車に見張りが付けられている」

見ると、確かに馬車の周りをランチェスタ侯爵家に仕える護衛達が取り囲んでいた。

「セシリア、どうしよう」

その時、背後から足音がした。セシリアが驚きふり返ると、どこかで見たことのある初老の男性が
「こちらです。セシリアお嬢様」と手招きしている。

「あなたは……」

初老の男性は、かぶっていた帽子を取ると「私は、この家に長年お仕えしている馬車の御者です」

と頭を下げた。

「セシリアお嬢様、ベイル様に会いに行くのでしょう？　私が馬車を出します」

「でも、そんなことをしたら、あなたがお父様に怒られてしまうわ」

「かまいません」と御者は笑みを浮かべて目尻のシワを深くする。

「今回ばかりは旦那様が間違っておられます。なぜなら、私はセシリアお嬢様が勇気をふりしぼってベイル様に告白したお姿を、しっかりこの目で見て、この耳でお聞きしましたから」

「え？」

言われてみれば、買い物の帰りにセシリアは馬車の前でベイルに告白した。

「あなた、あの時……」

「はい、そこにいました」

（まさか、私がベイル様に告白したところを見られていたなんて……）

恥ずかしくなってセシリアがうつむくと、隣のエミーが「セシリアから告白したの⁉　すごーい！」と驚く。

「ね、ね、どうやって告白したの？」

「あ、その、えっと……」

瞳を輝かせるエミーに困っていると、馬車の御者が「お嬢様方、そのお話しはのちほど」と声をかけてくれた。

「そ、そうね。今はここから脱出しないと！」

エミーが「あとから絶対に聞かせてよ？」と頰をふくらませている。馬車の御者が「馬車はこちらです」と案内してくれた。

馬車に乗り込む前に、セシリアは立ちどまった。

「……でも、馬車に乗れたとしても、門にも護衛がいるかもしれないわ。もし捕まったら、あなたがどんな目に遭うか……」

他人を不幸にしてまで、ここから脱出したいとは思わない。しかし、御者は「老い先短い人生、私は後悔しないように生きますよ。それに、もし、ここをクビになったら、ペイフォード公爵家にでも雇ってもらいます」と言って笑った。

エミーも「私が騒ぎを起こして時間を稼ぐわ」と言ってくれる。

「私のために……どうして？」

胸は熱くなりセシリアの瞳に涙がにじんだ。

「私、あなた達になんのお返しもできないわ」

そう言うと、エミーと御者は顔を見合わせる。

「どうしてって、大好きなお友達のあなたが幸せじゃないと嫌だもの」

「私も、幼いころからずっと見守ってきたお嬢様には幸せになってほしいのです」

（お父様も私に『幸せになってほしい』と言っていたわ）

でも、父の望む幸せと、エミー達が望む幸せはまったく違う。

エミーが「あなたが幸せそうに笑ってくれないと、あなたのことが大好きな私達も幸せに笑えないわ」と、すねたように頬をふくらませた。

「……ありがとう。私、絶対に幸せになるわ。だから、お願い、私を助けて。ベイル様のところに連れていって」

セシリアは『父に失望されてもいい。たとえ、大切な人達に迷惑をかけてでも、必ず幸せになる』と覚悟を決めて馬車に乗り込んだ。

エミーは「こっちは任せてね！」と手をふってから、馬車に背を向け走り去る。しばらくすると、遠くからエミーの叫び声が聞こえ、慌ただしい空気になった。

御者が「行きますよ、お嬢様」と声をかけてくれた。セシリアにできることは、馬車内のカーテンを閉めて、護衛達に見つからないようにすることだけだ。

ゆっくりと動き出した馬車は、次第にスピードを上げていく。

馬車がランチェスタ侯爵家の門に近づくと、「止まれ！　止まれ！」という声が聞こえた。

（ど、どうするのかしら？）

セシリアが不安に思っていると、御者は大声で「開けてください！　ランチェスタ様の急ぎの命令です！」と叫ぶ。

「いや待て！」

それでも止めようとする護衛に、御者はさらに声を張り上げた。

「急病です！　早く医者を呼びに行かねば一刻を争います！　何かあったらあなたは責任が取れますか⁉」

「お、おお」

鬼気迫る御者に圧倒されたのか、護衛は門を開いた。

馬車が門を通り過ぎ、ランチェスタ侯爵家の邸宅が見えなくなったころ、馬車はゆっくりと止まった。

御者は馬車の壁をコンコンと叩き「もう大丈夫ですよ、お嬢様」と声をかけてくれる。

セシリアが馬車内にある連絡用の小さな小窓を開けると、御者台に座って馬の手綱を握る御者の後ろ姿が見えた。

「あんなに堂々と門を通り抜けるなんて……あなたってすごいのね」

セシリアが感動していると、振り返った御者は「救急のときは、細かな事務手続きをせずに出してもらえることを知っていただけですよ。それに、セシリア＝ランチェスタお嬢様の急ぎのご命令ですからね。それほどウソはついておりません」と、しれっと言った。

「ありがとう」

「いえいえ、これからどうしますか？　このままペイフォード公爵家に向かいますか？」

「そうね……」

エミーから聞いた話では、ベイルは今、裁判を起こしているらしい。裁判の内容まではわからないが、今の状況で、ランチェスタの家紋が入った馬車がペイフォード家に入ると、とても目立つし、裁判に影響があっては困る。

セシリアは「どこかで馬車を乗り換えましょう」と提案した。

「ランチェスタの家紋が入っていない馬車で、ランチェスタを名乗らずペイフォード公爵家に入ることはできるかしら？」

御者は「やってみます」とうなずく。

「ひとまず、郊外まで行きこの馬車を乗り捨てましょう。お嬢様には、申しわけありませんが、そこから馬車を貸し出している店まで私と一緒に歩いていただきます」

「わかったわ」

郊外は都心部より治安が悪いと聞いている。父や母には、『危ないから郊外には決して行かないように』と口うるさく言われていた。

（私が貴族とわかったら危ない目に遭うかもしれない……）

再び走り出した馬車の中で、セシリアはベイルがくれた髪飾りやアクセサリーを全て外した。

メイドが綺麗に結ってくれた髪をほどき、雑に一つにまとめる。少しだけためらってしまったが、今着ているベイルがくれたワンピースのスカート部分で、顔をゴシゴシとこすりメイクをおおざっぱに落とした。

（鏡がないからわからないけど、今の私、きっとひどい顔をしているわね。でも、ここまですればパッと見で貴族とはわからないはず）

外した髪飾りとアクセサリーは、ハンカチに包んで胸に抱え込んだ。

（これでよし！　……でも、この可愛いワンピースは隠せないわ）

セシリアが困っていると、馬車から降りる時に、御者が自分の雨よけ用の黒いコートを貸してくれた。そのダボダボのコートを着て、コートのフードで顔を隠しながら、セシリアは郊外の道を年老いた御者と二人で歩く。

郊外は都心部ほど綺麗な街並みではないが、父と母が言うように、そこまで荒れているわけではなかった。通りでは市が開かれているし、子ども達が楽しそうに走り回っている。

セシリアがキョロキョロとしていると、御者は「危ないので、裏道には入らないでくださいね」と教えてくれた。

「裏道以外は危なくないの？」

「まぁ、治安隊がいますしね。昼間なら女性や子どもが一人で歩いていても危なくないですよ」

「そうなのね……。知らないことばかりだわ」

セシリアは、改めて自分が箱入り娘なのだと気がついた。

「私は今まで、お父様とお母様の言うことを疑問に思ったことがなかったの」

まさか両親が間違えることがあるなんて、夢にも思わなかった。

御者は、「そうなのですね。しかし、親がいつでも正しいわけではありませんからね」と優しく微笑む。

「そうね……」

「お嬢様。平民の間では、子どもが親に逆らうのは、よくあることですよ」

御者の息子は、両親と大ゲンカして家を飛び出したかと思えば、数年後、遠くの街から『結婚して子どもができた』と幸せそうな手紙が届いたそうだ。御者の奥さんは一年前に亡くなったらしい。

「ですから、ときどき届く息子家族からの手紙と、セシリアお嬢様の成長が年よりの密かな楽しみなのです。お嬢様、心配なさらずとも大丈夫ですよ。そんなに悲しそうな顔をなさらず」

セシリアは、自分が悲しそうな顔をしていることに気がついていなかった。ただ、胸の内には、今まで育ててくれた両親を裏切ってしまったという罪悪感がある。しかし、あの家に引き返そうとは思わない。

「お嬢様。今は旦那様や奥様ともめたとしても、お嬢様の幸せなお姿を見れば、お二人もきっといつか納得してくださいますよ」

「……ありがとう」

普段は屋敷内くらいしか歩かないのに、今日はたくさん歩いて足が痛い。セシリアがチラリと自分の足を見ると、靴ずれして血がにじんでいた。それでも立ち止まらず歩き続けた。

(お父様、お母様、ごめんなさい。これから、私は、私の信じる道を進みます。私は、私が側にいたい人の側にいます)

セシリアは、ベイルの側に行けるのなら、足が痛くても血がにじんでもかまわないと思った。

「お嬢様、ここです」

立ち止まった御者が、馬車業者から馬車を借りてくれた。手持ちのお金がなかったのでセシリアは、持っていた髪飾りとアクセサリーで支払った。せっかくベイルにもらったものだが、事情を説明すればベイルなら許してくれるという確信があった。

業者には「お、多すぎます!?」と言われたが、セシリアは「口止め料です。私が馬車を借りたことを決して誰にも言わないでください」とお願いした。

借りた馬車に乗り込むと緊張がとけたのか、どっと疲れが出てきた。今になって身体がふるえている。

(大冒険ね……。なんだか、急に別の自分になったみたい)

少しだけ成長できたような気がして、セシリアは晴れやかな気分になった。

セシリアを乗せて走っていた馬車が、ゆっくりと止まった。いつの間にかセシリアは眠っていたようで、カーテンの隙間からペイフォード公爵家の邸宅が見える。

(良かった……無事にたどり着けたのね)

ホッとしたのも束の間、家紋のない不審な馬車は、ペイフォード公爵家の敷地内に入る門の前で、騎士達に止められてしまった。

「どこの者だ!」

セシリアが『どうするのかしら?』と緊張していると、御者は少しも慌てず「ベイル様の大切な方をお連れしました」と騎士に伝えた。

顔を見合わせた騎士達は「このまま少し待て」と言い、そのうちの一人が走り去る。しばらくすると、戻ってきた騎士が「確認しますので、奥へとお進みください」と馬車を門の内へと通してくれた。

広いペイフォード家の敷地を馬車で進み、ようやく邸宅の前までたどり着くと、また騎士達に馬車を止められる。

何度か見たことのあるような騎士が、馬車に向かって走ってきた。

「ラルフ副団長、こっちです!」

ラルフと呼ばれた騎士は、「えっと、この馬車にベイル団長の大切な方が乗っているって?」と、その場にいる騎士に確認している。

「そうらしいです! ご確認いただけますか?」

ラルフは「はいはい、ちょっと失礼しますよ」と言いながら、馬車の扉を叩いた。開かれた馬車の扉から、セシリアはフードをかぶったままそっと顔を出す。

「セシリア＝ランチェスタです。急に押しかけて、大変申しわけありません」

ラルフは息をのんだ。

「ヤバッ、本物のセシリア様だ！　ベイル団長は⁉」

「早朝から裁判所に行っていて不在です」

「と、とりあえず、俺はセシリア様を中にご案内する！　お前は、このことを公爵様に報告するんだ！　あ、そこのお前は、急いでセシリア様のお世話ができそうなメイドを呼んでくれ！」

騎士達にテキパキと指示したあとに、ラルフは「お手をどうぞ」とセシリアに手を貸して馬車から降ろしてくれた。降りた拍子に靴ずれした足が痛んだが、顔に出さないように気をつけた。

ここまで連れてきてくれた御者に、セシリアが「ありがとう」と伝えると、御者は帽子を取って笑みを浮かべ一礼する。

ラルフに案内されて邸宅の中に入ると、数人のメイドに丁寧に迎え入れられ、セシリアはすぐに客室に案内された。

「ここでお待ちください」

言われるままにセシリアがしばらく待っていると、扉からクラウディアが飛び込んできた。

「ク、クラウディア様⁉」

そこには、いつもの優雅な微笑みではなく、あせりの表情を浮かべたクラウディアがいた。

クラウディアに「ご無事ですか⁉」と強い口調で聞かれ、セシリアは「は、はい！」と慌てて返事をする。

「良かった……」

そう言ったクラウディアの美しい瞳には、うっすらと涙が浮かんでいた。

「お兄様も、私も、セシリア様のことがすごく心配で……」

涙ぐむクラウディアを見て、セシリアの胸は熱くなる。

「クラウディア様……。ご心配をおかけしてしまい、申しわけありません」

「謝らないでください。あなたは何も悪くありません。セシリア様、来てくださって本当にありがとうございます」

クラウディアは、セシリアに湯あみを進めてくれた。

「このままの格好では、怒り狂ったお兄様が、セシリア様に苦労をかけた方々を根絶やしにしてしまいますわ。まぁ、そういう私もとても怒っていますけど」

そう言いながら、クラウディアは上品に微笑んでいる。

セシリアが、ありがたく湯あみをさせてもらうと、手伝ってくれたメイドが、セシリアのひどい靴ずれに気がついた。

それからは大騒ぎになってしまい、わざわざ靴ずれのために医者を呼んで治療までしてもらった。

クラウディアには「セシリア様！　少しもご無事じゃないじゃないですか!?」と怒られてしまう。

(ううっ、美人が怒るとものすごい迫力だわ。もちろん、怒っていてもクラウディア様はお美しいけど)

セシリアが素直に謝ると、クラウディアは「もうっ」と言いながら許してくれた。

「ベイルお兄様は、明日の昼まで裁判所から帰ってきません。セシリア様は、ゆっくりと疲れをお取りくださいね」

「はい、ありがとうございます」

その日、セシリアはベッドに横になると、足の痛みを感じる間もなく深い眠りに落ちていった。

ベイル視点

ベイルは裁判所から出ると、一人で歩きながらこれまでのことを思い返した。

セシリアを助けるために、ベイルはまず、セシリアに求婚した隣国の公爵令息であるクズ男を罠に嵌《は》めた。

当初は、その手のプロの女性を雇い、クズ男を誘惑させるつもりだったが、ペイフォード家の女性騎士が「私にお任せください！」と名乗り出たので、任せると予想以上にうまくいった。

まず、ペイフォード家に仕える優秀なメイド達により、志願した女性騎士は妖艶な女性に変身。そのあと、クズ男が宿泊している高級宿にペイフォード家の名を使い女性騎士も宿泊。

偶然を装い、女性騎士がクズ男に出会い、少し誘うと相手はすぐにのってきた。あとは、酒を大量に飲ませてクズ男を泥酔させ、次の日に女性騎士が酔ったクズ男に「殴られた！」と証言する。

そうすることで、隣国の公爵令息が、ペイフォード公爵家の女性騎士に暴力を働いたという偽の事件を無理やり作り上げた。

もちろん、相手は「言いがかりだ！　罠に嵌《は》められた！」と叫んでいたが、ベイルがクズ男の過去の女性への暴力事件をまとめて裁判所に提出すると、ベイルの望んだ通りに裁判が開かれた。

（クズ男を罠に嵌《は》めて裁判を起こした。レオに仲裁に入らせて、今日、裁判を取り下げた。あとはレオが隣国の公爵家にうまく入り込んで内側から潰せばいい）

これでセシリアの身の安全は確保された。ついでにクズ男の被害者も今後はいなくなるだろう。しかし、まだ問題が残っていた。

（セシリアは、彼女の両親に反対されても、俺を選んでくれるだろうか？　彼女に会って、もう一度気持ちを確かめないと……）

セシリアとクズ男の婚約はなくなるだろうが、ベイルはランチェスタ侯爵にひどく嫌われている。そのせいでセシリアと連絡が取れていない。

（ランチェスタに人を忍び込ませるか……。いや、エミー嬢がランチェスタに招かれたと言っていたから話を聞いてからにしよう。何か情報が得られれば良いのだが）

そんなことを考えながら、ベイルが裁判所からペイフォード家に戻ると、妹のクラウディアが出迎えてくれた。

「お帰りなさい、お兄様」

クラウディアはニコニコと微笑んでいて、とても浮かれているように見えた。

（最近は、ディアにもセシリアのことで心配をかけていたからな）

久しぶりに見る妹の笑顔に、ベイルは「何か良いことでもあったのか？」と話しかけた。

「はい、新しいメイドを雇いました。お兄様にご挨拶をするようにと、お兄様のお部屋で待たせています」

「メイドが俺に挨拶を？」

今まで一度もそんなことはなかった。よくわからないが、クラウディアがとても嬉しそうなので、ベイルは「わかった」と答えて自室へと向かう。

自室の扉を開けると一人のメイドが立っていた。メイドはベイルに気がつくと慌てて頭を深く下げる。

「お帰りなさいませ。ご主人様」

その声を聞いてベイルは自分の耳を疑った。そうとう疲れているのか、メイドの声がセシリアの声に聞こえる。

（そんなわけあるはずが……）

メイドに近づくと、メイドは遠慮がちに顔を上げた。小動物のように大きなブラウンの瞳がベイルを上目づかいで見つめている。

「……セシリア？」

名前を呼ぶとなぜかセシリアは「お帰りなさいませ。ご主人様」とくり返した。

目の前のセシリアは、やわらかそうなブラウンの髪をゆるい三つ編みにして、紺色のワンピースを身にまとい、頭には白いメイドキャップをつけている。

（セシリアに会いたすぎて、俺はメイド姿のセシリアの幻覚を見ているのか？）

気がつかないうちに、そうとう追い込まれていたようだ。

(それにしてもなぜメイドの姿なんだ？　いや、もちろんセシリアは何を着ていてもとても愛らしいが、これは俺のどういう願望が現れた結果なのだ？)

幻覚のセシリアが両手を胸にかかえながら、心配そうな顔をした。

「ご主人様？」

(こ、これは……)

いつものように『ベイル様』と、名前を呼ばれるのとは違い、メイド姿のセシリアに『ご主人様』と呼ばれると妙な背徳感があった。

(お、俺は、セシリアをいったいどうしたいんだ⁉)

幻覚のセシリアが「お疲れなのですね」と言いながら、そっとベイルの手にふれた。その温かさとやわらかさは、どう考えても幻覚とは思えない。

「本当にセシリア……なのか？」

メイド姿のセシリアがコクリとうなずく。

「その姿は？」

「これは、クラウディア様が『ベイルお兄様を驚かせましょう』とご提案してくださったのです」

セシリアは「おかしいでしょうか？」と言いながら頬を赤く染めた。

(う、俺の想い人が可愛すぎてつらい)

ベイルは深いため息をついた。

「驚かしてしまい申しわけありません。クラウディア様に『二回名前を呼ばれるまで正体を隠していてください』とお願いされていて」

(ディアめ……。兄をからかうとは)

セシリアがどうしてここにいるのか話を聞きたかった。それに、早く着替えるようにも伝えなければ。でも、その前にベイルはどうしてもやっておきたいことがあった。

「……セシリア、もう一度、やり直してもいいだろうか？」

ベイルが真剣な顔でセシリアに提案すると、セシリアは不思議そうに小首をかしげた。その可愛らしい仕草に、ベイルは今すぐにでも抱きしめたい気持ちをグッとこらえる。

「俺が扉から入ってきたところから、やり直したいのだが？」

「やり直す……えっと？　は、はい」

セシリアがコクンとうなずいたのを確認してからベイルは自室から出た。そして、もう一度扉を開けて自室に入る。

セシリアはスカートを少しだけ持ち上げて「お帰りなさいませ、ご主人様」と微笑んだ。

「ぐはっ⁉」

そのあまりの可憐さにベイルは膝から床に崩れ落ちた。

「ベイル様⁉」

慌ててかけよってきたセシリアに「だ、大丈夫だ」と伝え、乱れた呼吸を整えると、ベイルはふらつきながら立ち上がった。

（これはダメだ……。早く着替えてもらわないと、何かいけない趣味に目覚めてしまいそうだ）

そう思いながらも、セシリアの貴重なメイド姿を見せてくれたクラウディアのイタズラに、ベイルは心の底から感謝した。

セシリア視点

セシリアは、ベイルに『メイド服を着替えるように』と言われたので、ベイルの部屋から出た。扉の前では、憧れのクラウディアが待ってくれていた。

「セシリア様。お兄様はどうでしたか？」

「とても驚いていました」

まさかベイルが床に膝をつくほど驚くとは思っていなかった。クラウディアがフフッとイタズラっぽく微笑んだので、セシリアはその可憐さに目を奪われる。

「セシリア様の着替えを準備しました」

クラウディアに案内されて、セシリアは昨日宿泊させてもらった豪華な来客用の部屋に戻った。部屋のすみにはメイドが三人も控えている。

「お好きなドレスをお選びください」

「こ、こんなにたくさん？」

クローゼットにズラリと並んだドレスを見てセシリアが驚いていると、クラウディアは「これらはすべて、お兄様がセシリア様にいつかプレゼントしようと買っておいたものなのです。お兄様ったらセシリア様の好みも聞かずに勝手に……」とあきれている。

「えっ⁉　ベイル様が？」

驚くセシリアにクラウディアは「では、のちほど」と微笑みかけて去っていった。

（えっと……）

セシリアが戸惑っていると、何も言わなくてもメイド達は、セシリアをドレスに着替えさせてくれた。その間、メイド達は一言も話さない。ただ黙々と丁寧に仕事をこなしていく。

（メイドとの距離も、ランチェスタとはぜんぜん違うのね）

ランチェスタでは、メイドと楽しくおしゃべりしながら着替えていたので、少し圧倒されていると、メイドの一人が「ベイル様がお越しになりました」と教えてくれた。

「入っていただいて」

「かしこまりました」

メイドは、礼儀正しく頭を下げてから扉に向かう。部屋に入ってきたベイルは、メイド達に下がるように伝えた。

二人きりになるとベイルは「そのドレス、とても良く似合っている」と褒めてくれる。

「ありがとうございます。ベイル様からいただいたものは全て宝物です」

ベイルは咳払いをすると「今はあまり可愛いことを言わないように。俺が話に集中できなくなる」と目元を赤く染める。

「セシリアは、どうしてここに？」

セシリアがベイルにこれまでのことを説明すると、ベイルは少し考えるような素ぶりを見せた。

「今の話をまとめると、家に閉じ込められ、抜け出してきた。その際に、ランチェスタ侯爵家の馬車に乗っていたが、途中で乗り換えて、家紋の入っていない馬車でここまで来た、と？」

「はい。ランチェスタ家の馬車がペイフォード家に入るところを見られてしまうと、ベイル様にご迷惑がかかるかもしれないと思い……」

「なるほど。セシリアは機転が利く上に聡明だ」

ベイルは大きく温かい手で、セシリアの頭を優しくなでてくれた。

「……ベイル様？」

しばらく無言でセシリアの頭をなで続けていたベイルは、名前を呼ばれると、左手で自分の腕を押さえなでるのをやめた。かみしめた口元から「自重しろ、俺の右手」と苦しそうな声が漏れる。

「セシリア、事情はわかった。ランチェスタ侯爵のことは、あとはこちらに任せてほしい」

「はい。父がベイル様に、とても失礼なことをしたと聞きました。それに、私を助けてくださるために、ベイル様が裁判を起こしてくださったとも……」

申しわけなさすぎて、ベイルの顔が見れない。

(本当なら、私はベイル様に見捨てられても仕方がない状況なのに)

セシリアが『許してもらえるまで謝り続けよう』と覚悟を決めて顔を上げると、ベイルは両腕を広げていた。不思議に思った瞬間に、ギュッと抱きしめられる。

「すまない。自重できなかった」

耳元でベイルのかすれた声が聞こえる。

「俺は、ずっとセシリアに会いたかった」

「わ、私も……」

セシリアがそう答えると、さらに強く抱きしめられた。

「セシリア、愛している。あなたがここに来てくれたということは、ご両親に反対された今でも、変わらず俺のことを好きでいてくれると思っていいのだろうか？」

「はい、もちろんです」

「良かった……。結婚式はいつにする？」と耳元でベイルの真剣な声が聞こえる。

「あの……。実はその前に弟のことで相談に乗っていただけませんか？」

返事がないのでセシリアが、ベイルの表情をうかがうように見上げると、不服そうな顔が見えた。

「あ、嫌でしたら……」

「嫌ではない。話を聞こう」

怒っているようなベイルの声に戸惑いながらも、セシリアが「弟を、あのままあの家に置いておくことが心配で……」と伝えると、ベイルの眉間にシワがよる。

「ベイル様？」

抱きしめることをやめたベイルは「この件は、今ここではっきりさせよう」と真剣な顔をした。

「セシリアは、弟とはどういう関係なんだ？」

セシリアは質問の意味がまったくわからなかったが、とにかくベイルが真剣なことだけはわかった。

「関係……ですか？　弟、ですけど？」

「質問を変えよう。セシリアは弟にどう接しているんだ？」

「どう、とは？」

腕を組んだベイルは、「じゃあ、普段、あなたが弟にしていることを、今、俺にしてみてくれ」と言った。

「弟にしていることを、ベイル様に、ですか？」

「ああ、そうすることであなたと弟の関係がわかる。あなたは普通のつもりでも、正しい距離感ではない可能性もある」

「そ、そういうものですか……」

よくわからないが、ベイルがとても真剣なので、セシリアはとにかく言われた通りにしようと思った。

(少し恥ずかしいけど……)

そうすることで、弟を助けてもらえるなら恥ずかしがっている場合ではない。

「えっと、では……ベイル様、ソファに座っていただけますか？」

ベイルは背が高いので、小さな弟のようにお世話ができない。言われるままに座ったベイルに、セシリアは近づいた。そして、ベイルの目の高さに合わせると、その美しい瞳をのぞき込む。

「今日は、何をして遊んでいたの？」

セシリアは、いつも弟に話しかけるように声をかけ、ベイルの銀色の髪を優しくなでた。ベイルの瞳が大きく見開く。

「またお菓子を食べたのね？　ちゃんと歯を磨かないとダメよ。はい、あーん」

ベイルが少しだけ口を開けたので、歯磨きをするふりをする。

「よくできました。えらいえらい」

セシリアは、またよしよしとベイルの髪をなでた。

（えっと？　まだ続けるのかしら？）

ベイルが何も言わないので、セシリアは続けるのだと判断した。

「今日はお風呂に一緒に入りましょうね」

ベイルの目元が赤く染まる。

「身体はちゃんと洗えるかしら？　洗えないところは私が洗ってあげるわ」

ベイルの頬が赤く染まった。

「一緒に寝るの？　わかったわ、ベッドから落ちないように抱きしめておくわね」

「……う、あ」

うめき声がベイルの口から漏れる。

「せ、セシリアの弟は、何歳だ？」

「え？　あ、はい、四つになりました」

それを聞いたベイルは両手で顔を覆うと耳まで赤く染め、しばらく顔を上げなかった。

ベイル視点

ベイルは、セシリアの弟について勘違いをしていたことにようやく気がついた。

(弟は、四歳だったのか……)

てっきり妹のクラウディアくらいの年齢だと思っていた。

(お、俺は、セシリアに何をさせているんだ⁉)

勘違いとはいえ、とんでもないことをさせてしまった。セシリアの温かい眼差しや、頭をなでる優しい手つきを思い出し、また顔が熱を持つ。

(落ち着け)

深呼吸をくり返し、ベイルがようやく顔を上げると、どこかホッとした様子のセシリアと視線が合った。

「ベイル様、大丈夫ですか？」

「ああ」

ベイルは平静を装い返事をした。いつもは身長差があるのに、今はセシリアと視線が同じなので妙に落ち着かない。

(これでは、セシリアと顔が近すぎて平常心を保つのが難しい)

ベイルが立ち上がると、いつもの距離感に戻ったので、ホッと胸をなで下ろす。

「弟の件だが、ランチェスタ家にこちらの手の者を向かわせて、弟を守るように指示しよう」

ランチェスタ家にこちらの手の者を忍び込ませるという方法は、裁判が終わったあと、セシリアにどうしても会えなかった時の最終手段として、事前に準備をしていた。

セシリアは、乙女が祈るように胸の前で両手を組み合わせて「ありがとうございます」と可憐に微笑む。

そのあとで、ベイルがセシリアをペイフォード家の晩餐《ばんさん》に誘うと、「はい」と快く承諾してくれた。

（よく考えてみれば、父やディアと長らく夕食を共にしていなかったな）

ときどき家族で朝食を共にすることはあっても、それぞれの忙しさから夕食は別々にとっていた。

家族全員がそろう晩餐《ばんさん》は、母が亡くなってから初めてのことかもしれない。

（セシリアのおかげだな）

食卓テーブルには、父とクラウディアの姿がすでにあった。ベイルは、その向かいの席にセシリアと並んで座る。

セシリアの横顔は、どことなく緊張しているように見えた。ベイルの視線にはまったく気がつかず、セシリアはクラウディアをチラチラと見ている。

クラウディアは、微笑を浮かべながら「セシリア様は、苦手な食べ物はありますか？」と尋ねた。

「いえ、ありません！」

白い頬を赤く染めたセシリアは、とても愛らしい。運ばれてきた食事を、上品な手つきで切り分け口に運んでいる。料理の味付けが気に入ったのか大きな瞳がキラキラと輝いていた。

「セシリア、これも……」

セシリアの可愛い顔がもっと見たくて、ベイルがフォークに差した料理をセシリアの顔の前に差し出そうとすると、前方から咳払いが聞こえた。

右前を見るとクラウディアがニッコリと笑みを浮かべながら、首を小さく左右にふっている。

(なんだ?)

真正面を見ると父が顔を強張らせて首を左右にふっていた。そして、無音で『自重しろ』と父の口が動く。

(なるほど、食事をセシリアに分けたらいけないのだな)

確かに言われてみれば、テーブルマナー的に問題があるように思える。

一通り食事が終わると父が口を開いた。

「セシリア嬢、改めてお願いしたいのだが、ベイルと正式に婚約を結んでいただけないだろうか?」

セシリアは慌てた様子で「お願いだなんて!」と困った顔をする。

「本来なら、皆様にご迷惑をおかけした私がこのようなことを言える立場ではないのですが……私で良ければぜひ」

クラウディアが嬉しそうに微笑んだ。

「ベイルお兄様のお相手は、セシリア様以外考えられませんわ! セシリア様の確認もとれましたし、今日からセシリア様とお兄様は婚約者ですね」

セシリアが恥ずかしそうに頬を赤く染めている。

父が「いや、ランチェスタ家の許可を貰わねばならない。今まで何度も断られているから正攻法では難しいだろう。少し手荒な方法になるが、構わないだろうか？」とセシリアに確認を取った。

うつむいたセシリアは「はい、構いません」と、悲しそうな表情を浮かべた。

「ベイル」

「はい」

「セシリア嬢は失踪したことにする。それを利用して、ランチェスタ家が折れてこちらに泣きすがってくるまで追い詰めるぞ」

「はい。では、セシリアが途中で乗り換えた馬車を使いましょう。ランチェスタの馬車が何者かに襲われたように偽装し、乗っていたセシリアが行方不明になったように見せかけます」

「良いだろう」

「お父様、お兄様」

クラウディアが会話をさえぎった。

「そういうお話は、お二人でしてくださいませ。せっかくセシリア様が来てくださったのですから、楽しいお話をしましょう。デザートが不味くなりますわ」

見ると、セシリアの顔が青ざめていたので、この話はあとですることにした。

セシリア視点

晩餐《ばんさん》が終わるとベイルは、セシリアを来客用の部屋までエスコートしてくれた。その間、セシリアの頭の中には、先ほどのベイルとペイフォード公爵の会話がぐるぐると回っていた。

（ベイル様たちは、私が行方不明になったことで、お父様とお母様を精神的に追い詰めて、私達の結婚を認めさせようとしているのだわ）

ベイルに「何か不安なことでも？」と聞かれ、セシリアは慌てて顔を上げた。

「だ、大丈夫、です」

気がつけば、セシリアのために準備してくれた来客用の部屋の前に着いてしまっていた。

「疲れただろう。ゆっくり休んでくれ」

ベイルはそう言うと、くるりと背を向けた。

「ベイル様！」

セシリアは名前を呼んでとっさにベイルの服の袖をつかんだ。ベイルが驚きふり返る。

「その、聞いていただきたいお話が……」

呼び止めたものの、すぐに言葉にはできなかった。ベイルはいつものようにセシリアが話すまで黙って待ってくれている。

「あの、先ほどのお話ですが、私が行方不明にと」

「ああ、その話か。すまない。不安にさせてしまったか？」

「そうではなく！　そうではなくて……。私が行方不明になったくらいで、父と母は追い詰められるでしょうか？」

これまでは、仲の良い家族だと思っていた。両親に愛されていると思っていたし、セシリアも両親を愛していた。でも、情けないことに今となっては、とてもそうとは思えない。

「わ、私がいなくても、後継者の弟さえいれば、あの人達は幸せなのでは……？」

優しく手を引かれたセシリアは、ベイルの腕の中へと納まった。ベイルの低い声や体温、その香りはいつの間にか、セシリアの心を落ち着かせるものになっている。

「心配しなくていい。あなたは確かに両親から愛されている。ただ、その愛が今は歪んでいるだけだ」

「そ、そうでしょうか？」

「そうだ。そうでなければ、あなたの優しさの説明がつかない。両親に愛されず愛を知らずに育ったのであれば、どうしてあなたはこんなにも愛情深く育ったんだ？　もちろん、親からの愛がなくとも優しく育つ者はいるだろう。しかし、そういう者達は、多かれ少なかれ心の傷や愛への飢えに苦しんでいるように思う。あなたには、そういう影のようなものがない」

その言葉で、セシリアは幼い日の記憶がよみがえった。仕事で忙しいはずなのに、父は家に帰ってくると、いつもセシリアと遊んでくれた。刺繍を教えてくれた母は「上手ね」「素敵よ」とたくさんほめてくれた。今でもセシリアの誕生日には、毎年家族そろって、盛大にお祝いをしてくれる。

（お父様……。お母様……）

記憶の中のセシリアは、確かに温かい愛情に包まれていた。さっきまでの『両親に愛されていないのでは？』という不安がウソのように消えている。

「そうですね。私はお父様やお母様に愛されています。でも、ベイル様と結婚を反対する両親に従うわけにはいきません。さきほどのお話通り、私のことは行方不明ということにしてください。両親を悲しませてしまいますが、いつかきっとわかってもらえる日が来ると思います」

「ああ」

セシリアを抱きしめるベイルの腕に、ぎゅっと力が込められた。

「大丈夫だ。あなたの家族は、あなたを愛している」

ベイルの優しさに心が温かくなる。

「でしたら、ベイル様もご家族から愛されているのですね。だって、いつもとってもお優しいですもの。私、ベイル様のように優しい方に出会ったことがありません。あなたに出会えて本当に良かったです」

ベイルが何かをこらえるように目を閉じた。目元は赤く、心なしかベイルの腕がふるえているような気がする。

「……セシリア、就寝前に部屋の鍵は絶対にかけるように。絶対だ」

「は、はい……？」

ベイルがあまりに真剣だったので、セシリアは驚きながらうなずいた。

ベイル視点

セシリアがペイフォード家に来てから三日が過ぎた。

ベイルはいつものように父の書斎に呼び出されていた。書斎机に座った父が威厳に満ちた声で「報告を」と告げる。ベイルは直立し、両手を背中に回した。

「報告します。無防備なセシリアが可愛すぎて、何度か理性が吹き飛びそうになりましたが、今のところ自重しています」

父は一度、ゆっくりと深くうなずいた。

「う、うむ……。それは、引き続き自重するといい。だが、私が報告してほしいのはその件ではない」

「ランチェスタですか？」

父はもう一度うなずいた。

「報告します。ランチェスタ家に忍び込ませた者の報告によると、ランチェスタ侯爵は、死に物狂いでセシリアの行方を捜しているそうです。捜索の過程で、セシリアが乗っていたとされる馬車が何者かに襲われた状態で発見され、その報告を受けた夫人が倒れました。セシリアの弟は、忍び込ませたメイドの一人が、弟を不安にさせないように手厚く面倒を見ています」

父は一通の手紙を取りだした。ベイルが手紙を受け取り、差出人を見ると、ランチェスタ侯爵からだった。

「これは？」

「ランチェスタ侯爵からだ。これまでの数々の不敬の謝罪とセシリア嬢を捜索するためにペイフォードの騎士団を貸してほしいという内容だ」

「予想以上の速さですね」

「よほどセシリア嬢のことが大切なのだろう。ベイル、どうしたい？」

「彼らがセシリアに取っていた言動は許しがたいです。もっと痛めつけたいところですが……」

（俺は早くセシリアと結婚式を挙げたい）

「俺が騎士団を動かし、セシリアを捜索するふりをします」

「ベイル、適当なところでセシリア嬢に似た遺体を発見したとランチェスタに報告しろ」

「父上、そこまでする必要が？」

父は酷薄そうな瞳を細めた。

「あるに決まっている。我がペイフォード家を侮辱するならまだしも、お前やディアの幸せまで潰そうとしたのだぞ。それなりの地獄を見てもらわなければ私の気が収まらん」

父の本気の怒りが見えて、ベイルは少し驚いた。

「どうかしたか？」

「いえ、セシリアの言う通り、俺はあなたにとても愛されているようです」

父は小さく咳払いをしたあと、「……当たり前だ」と視線をそらして呟いた。


ペイフォード家騎士団によるセシリア捜索が始まってから一週間が経過した。

ベイルが『セシリアらしき女性の遺体を見つけた』とランチェスタに報告すると、報告を受けたランチェスタ侯爵はすぐにペイフォード家を訪れた。

黒い布に包まれたセシリアくらいの身の丈のものを見て、侯爵の全身はふるえ出した。

ちなみに、布の中には遺体ではなく生ごみを詰めておいた。辺りに漂う腐敗臭が遺体の状態のひどさを物語っている。布にふれようとした侯爵をベイルが止めた。

「お見せできる状態ではありません」

その言葉で、侯爵はその場に崩れ落ちた。

「う、ああ、セシリア……」

悲鳴のような声が辺りに響く。

「すまない、すまない」

人目も気にせず泣き叫ぶランチェスタ侯爵の姿を見て、父が満足そうにうなずいた。

(我が父のお許しが、ようやく出たな)

ベイルはその場を離れると、セシリアの元へ向かった。窓から先ほどの光景を見ていたのか、セシリアは静かに涙を流していた。

ベイルが優しく引きよせ抱きしめると、セシリアは腕の中で小さくふるえる。

「私は、お父様にひどいことをしてしまいました……」

「あなたではない。それをやったのは俺だ」

「でも、そうしてほしいと望んだのは私です。私がベイル様と一緒になりたいと願ったから……」

セシリアの白い頬に流れる涙を、ベイルはそっと親指でぬぐった。

「これは、ペイフォードの定めだ」

「え？」

涙で濡れたセシリアの瞳が、不思議そうにベイルを見つめている。

「どうやら我が一族は、自分が気に入ったただ一人を『とことん愛《め》でて可愛がりたい』という欲求がおさえきれない血の定めを持っているらしい」

ベイルの父は、今でも亡くなった母を愛しているし、妹のクラウディアもアーノルドに溺愛されているように見えて、実はアーノルドを溺愛している。

セシリアがポカンと口を開けた。

「これまでは、妹のディアが俺のそういう存在だと思っていた。でもそれは違った。妹を可愛いと思う気持ちと、あなたへの想いはまったく違っていて比べ物にならない。だから、もうダメなんだ。俺はあなたなしでは生きていけない」

「え？」

「セシリア、これから一生涯、あなたを愛《め》でて可愛がって良いという権利を俺にくれ！」

「愛《め》で？　か、可愛がる……？　え、えっと……は、はい」

戸惑いながらもセシリアがうなずいてくれたので、ベイルは思いっきりセシリアを抱きしめてそのやわらかさを堪能した。そして、「行こう」とセシリアに微笑みかける。

「今から、ランチェスタ侯爵にネタ晴らしだ。相当怒ると思うが、もうあなたは俺の唯一の人だから手放すことはできない。あなたもできるだけ後悔はしないように」

「は、はい！」

セシリアと手を繋ぎ歩き出すと、セシリアは幸せそうに笑ってくれた。

『セシリアが実は生きている』というネタ晴らしをされたランチェスタ侯爵は、全ての感情を失った顔をしたあとで、天を仰ぐように祈りこの国の守護神である女神アルディフィアに感謝した。

「ほ、本当にセシリアなんだな？　無事だったんだな？」

「はい、お父様。……ごめんなさい」

セシリアが小さな声で呟くと、ランチェスタ侯爵はセシリアを抱きしめ「もう何も言わなくていい。お前が生きてさえいてくれればそれでいい」と涙を流した。

「セシリア、今まで本当にすまなかった。ひどい言葉を言ってもいつでも笑って許してくれる、お前のその優しさに父さんと母さんは甘えていたのだ。そういう関係が親子の仲の良さだといつのまにか誤解してしまっていた」

「お父様……」

「それだけではない。我がランチェスタは、ずっと社交も贅沢も最低限でいいし、地味で質素に暮らすことが素晴らしいとして生きてきた一族だった。だから、お前の気持ちを考えず、お前にもその考えを押しつけてしまった。今はもう、そんな時代ではないのだな……。社交をおろそかにした結果がこれだ！　隣国の公爵に騙《だま》され、もう少しで大切な娘をとんでもない男に嫁がせるところだった！」

ランチェスタ侯爵は、「本当に、本当にすまない」とくり返している。

「セシリアは、地味でも質素でもなくていい！　ランチェスタの教えなど、もうどうでもいい！　お前はお前の好きなように生きなさい」

「はい……」

ランチェスタ侯爵は、こちらに向かって深く頭を下げた。

「ペイフォード公爵様、今までのご無礼をどうかお許しください。そして、ベイルくん、今まですまなかった。どうかセシリアを幸せにしてやってほしい」

「はい」

「君には不釣り合いな娘だが……いや」

侯爵は首をふった。

「セシリアは、どこに出しても恥ずかしくない立派な娘だ！　こんな娘を嫁に貰えるなんて、ベイルくんは幸せ者だ！」

「はい、そうです。俺は幸せ者です」

セシリアがうつむいて涙をこらえている。ベイルは、そっとセシリアを抱きよせて「結婚式はいつにする？」とささやいた。

「いつでも、いつでも大歓迎です」

セシリアの返事を聞いて、ベイルはとても幸せそうな笑みを浮かべた。

第六章

二人が結婚式を挙げるまで

The reborn lady wants to revenge but she is deeply loved by her fiance.

セシリア視点

こうして、セシリアはベイルの正式な婚約者になった。

ベイルは「式を急ごう」と言っていたが、ペイフォード公爵と父であるランチェスタ侯爵が「披露宴を盛大に行いたい」と言うので、準備のために結婚式と披露宴は来年に行うことになった。

(盛大な披露宴だなんて緊張してしまうわ……)

セシリアがそんなことを考えていると、幼い弟がセシリアの膝に抱きついた。

「おねえさま。今日は、ベイルおにいさまが、来るのですよね？」

弟のやわらかい髪をなでながらセシリアは「そうよ」と微笑みかける。

「ベイルおにいさまと、なかよくなれる？」

「なれるわ。ベイル様はとってもお優しいから」

窓の外が騒がしい。ベイルがランチェスタ家に到着したようだ。

セシリアは、緊張で頬を赤くした弟を抱き上げ、二階にある自室から出た。玄関ホールを見下ろせば、銀髪の青年がこちらを見上げている。

セシリアがベイルに手をふると、弟も真似て遠慮がちに小さく手をふる。その様子を見たベイルは固まってしまった。以前のセシリアなら、『どうしたのかしら？』『怒っているの？』と不安になっていたが、今なら『可愛いものを見て、頭が真っ白になっているのね』とすぐにわかる。

(ベイル様は、弟が可愛くて驚いているのね)

セシリアが階段を下りてベイルの前に立つと、「私の弟です」と紹介する。弟は恥ずかしいのか、ベイルから顔をそらし、セシリアの胸に顔を埋めた。そして、そのまま弟もベイルも動かなくなったので、セシリアは笑いそうになるのを必死にこらえた。

「ベイル様、弟を抱っこしてみます？」

「あ、ああ」

硬い声で返事をしたベイルに、弟を渡そうとすると「いやー！」と叫んで弟が暴れた。体勢を崩しセシリアの腕から落ちそうになった弟を、ベイルが素早く受け止めてくれる。

ベイルを近くで見た弟は「こ、こわいぃぃいいい！」と泣き出してしまった。呆然とするベイルの腕から逃げ出した弟は、セシリアのスカートの陰に隠れてしまう。

「あらあら、申しわけありません。ベイル様」

「いや、俺の顔が怖いのが悪い」

ベイルはわかりにくいが落ち込んでいるように見えた。

「怖くないですわ。とても素敵です」

「セシリア……」

抱きしめようとしたベイルを弟が押した。

「おねえさまに、さわらないで！　おねえさまは、ぼくの！」

ベイルは、青い瞳をスッと細くする。

「ほほう……。やはり、お前は俺のライバルだったか」

「ベイル様？　何を言って？」

「セシリアは渡さん！」

「いやー！」

戸惑うセシリアをよそにおかしな追いかけっこが始まった。気がつけば弟はベイルに追いかけられながら楽しそうに笑っている。

（ベイル様って、子どもの扱いも上手なのね。できないことってないのかしら？）

セシリアが不思議に思っていると、数分後には、ベイルに肩車された弟が「ベイルおにいさま、だいすきー」と懐いていた。

「私の弟、可愛いでしょう？」

セシリアがベイルに微笑みかけると、ベイルは「ああ」とうなずいた。

「ベイルおにいさま、下ろしてー」

ベイルの肩から降りた弟は走ってどこかへ行ってしまう。その後ろ姿をベイルは温かい眼差しで見送っていた。

「あなたの面影があって最高に可愛い。あなたと俺の間に子どもができたらこんな感じかと思わず想像してしまった」

「こ、ども……」

予想外の言葉に、セシリアの顔がボッと赤くなる。

（不思議だわ。ベイル様と一緒にいると不幸になる未来が少しも想像できない）

もう幸せになるしか道はない。そう言われているような気がする。

ベイルが「ああ、そうだ。ディアからあなたに伝言が……」と言ったので、セシリアが「クラウディア様から!?」と前のめりになると、ベイルにあきれた目を向けられた。

「俺の妹を愛してくれるのはいいが、そこまで喜ばれると妬けてしまう」

「す、すみません。これはもう憧れというか、条件反射というか……」

ため息をついたベイルは「まぁいい、あなたと出会うきっかけをくれたディアには俺も感謝している。それに……」と、ベイルはそっとセシリアの耳元に口をよせた。

「あなたを愛《め》でて可愛がる権利は俺だけのものだから」

その優しい瞳が、セシリアだけを求めて愛してくれていることを、今でも少しだけ不思議に思いながら、セシリアは「どうか末永く可愛がってくださいませ」と微笑んだ。


ベイルと正式に婚約したセシリアは、顔見せや婚約の報告をするために、ベイルと共にあちらこちらのお茶会や夜会に参加することが増えていた。

（それは別に構わないのだけれど……）

ベイルが一緒だと、どこにいても楽しいし安心できる。前までは苦手だった夜会も、今では「今日は、どのドレスを着ていこうかしら?」と楽しむくらいの心の余裕ができた。

ただ、セシリアは一つだけ気になることがあった。

ベイルに挨拶をしたい人はとても多い。そのついでに、セシリアにも挨拶をしてくれようとする人々が、なぜかセシリアに近づいたとたんに、ビクッと固まったり青ざめたりする。

そして、そそくさとどこかへ行ってしまうのだ。こういう状況が続いて、セシリアは思った。

(私って、もしかして……臭い?)

何か嫌な匂いがして、セシリアに近づいたとたんに『うわ、くさっ!?』となり、皆、離れていってしまうのではないか?

ただ、セシリアの隣に立つベイルはまったくそんな素ぶりを見せない。それどころか、二人きりになるとすぐに抱きしめたり、匂いを嗅がれたりするのでとても恥ずかしい。

(ベイル様だけには良い香りで、他の方には臭いとか?)

わけがわからないが、とにかくそれが最近の悩みだった。

(なんとかしないと……)

そう思ったものの解決できないまま、ベイルと夜会に参加する日になってしまった。

今もまた、セシリアに笑顔で近づいてきた男性がビクッとなり青ざめ離れていく。

(またダわ。このままだと、いつかベイル様にご迷惑をかけてしまうかも……)

セシリアは泣きたい気分でベイルを見ると、隣にいるベイルはニッコリと優しく微笑んだ。

(この笑顔を曇らせたくない)

その日から、メイドに相談してお風呂の回数を増やしたり、良い香りのオイルで肌を磨いてもらったり、美容や健康に良いということをいろいろとやってみた。

数週間後、鏡に全身の姿を映したセシリアは「どうかしら？」とメイドに聞いてみる。

メイドは瞳をキラキラとさせながら、「とっても素敵ですよ、お嬢様」と言ってくれた。

「以前から素敵でしたが、お手入れをするようになってから、今まで以上に髪もサラサラお肌もツルツルです！　ベイル様もお嬢様に見惚れてしまいますね！」

「そうだったら良いのだけど……。えっと、私、おかしな匂いはしない？」

メイドは「え？」と驚いたあと、くんくんと匂いを嗅いで「お嬢様は、お花のようなとっても良い香りがします」と言ってくれた。

（これなら大丈夫よね？）

今日はベイルと夜会に参加する日だった。

（これでベイル様にご迷惑をかけずに済みそうね）

セシリアはホッと胸をなで下ろした。

ベイル視点

（俺はセシリアを夜会に連れていくのが嫌だ）

もちろん、着飾ったセシリアを見れるのは嬉しいし、少しでも同じ時間を過ごせることに幸せを感じる。しかし、問題はセシリアが魅力的すぎることだった。

元から可愛い人だったのに、最近はさらに洗練されて美しさに磨きがかかり、清らかで愛らしい。いつも側にいるベイルでさえ、セシリアに見惚れてしまう。

そんなセシリアが光だとすれば、その光に誘われ男達がフラフラと蛾《が》のように集まってくる。

隙あらばセシリアに話しかけようとするし、挨拶と称してセシリアの手にふれようとした奴すらいた。本来なら殺してしまいたいところだが、貴族が集まる夜会の場では、暴力はもちろんのこと声を荒げることもその場に相応しくない。

なので、ベイルはセシリアに近づいてきた男達を、殺気を込めて睨みつけていた。

(それ以上、セシリアに近づいたら……殺す)

周囲から『冷たい顔だ』と言われているこの顔も、今は役に立つようで、睨まれた男達は面白いくらいに怖がりセシリアから離れていく。

セシリアが不安そうにこちらを見た。

(大丈夫だ。誰もあなたにふれさせない)

安心してほしくて微笑みかけると、セシリアはなぜか泣きそうな顔をした。

(どうしたんだ?)

ベイルが不思議に思いながら優しくセシリアの髪にふれると、セシリアの髪はサラサラとベイルの指の隙間から落ちていく。

(こ、これは⁉)

いつものモフモフとはまた違った感触だったが、これはこれで最高の手ざわりだった。もっとさわりたい。なんなら、結い上げているセシリアの髪をといて、今すぐこの場で髪をなでまわしたい。

（いや、ダメだ！　落ち着け、俺）

ベイルは『自制が利かなくなるので、セシリアの髪をさわるのはやめておけ』と自分に言い聞かせた。

なぜか悲しそうな顔をしているセシリアを慰めたくて、髪ではなくその頬にふれる。

「!?」

ベイルは思わず親指を左右に動かし、いつも以上にやわらかいセシリアの頬の感触を堪能してしまう。

「ベイル様？」

セシリアに不思議そうに声をかけられ、ベイルはハッと我に返った。

（な、に……？　最近、ようやくセシリアの愛らしさに意識が飛ばなくなってきたのに……セシリアの愛らしさが増している、だと!?）

セシリアの潜在能力の高さに恐れおののきながら、ベイルは帰りの馬車の中で己の理性を保てるか不安になった。

一通り挨拶を済ませると、ベイルはセシリアを連れてさっさと夜会の会場をあとにした。

ペイフォード家の馬車に乗り込み、セシリアと二人きりになると、すぐに良い香りが鼻孔をくすぐる。いつもなら、至福のモフモフタイムに突入しているところだが、今日のセシリアはどこか気落ちして見えた。

「セシリア、疲れたのか？」

ベイルが声をかけると、セシリアは少しだけ笑みを浮かべ「いいえ」と呟いた。

「では、何か悩みでも？」

セシリアは戸惑うように視線をさまよわせている。

「俺のせいか？」

「いえ！」

驚いて慌てて否定するセシリアの次の言葉を待っていると、セシリアは落ち着きなく両手を合わせたり握りしめたりしながら、とても言いにくそうに話し始めた。

「あの……ベイル様、本当のことを言ってくださいね？」

「俺はあなたにウソをついたことがない」

「でも……あの……」

セシリアの眉毛が困ったように下がり、白い頬がほんのりと赤く染まる。

(なんだコレ、可愛いが過ぎるぞ！)

ベイルがあまりの可愛さに内心悶えていると、セシリアは意味のわからないことを言いだした。

「わ、私、臭くないでしょうか？」

とたんに、馬車の中に沈黙が下りた。

「……は？」

どうしてセシリアの口から、そんな言葉が出てきたのかまったく理解できない。

「もしかして、誰かがあなたを臭いと?」

セシリアはすぐに首を左右にふった。

「違うのです。でも、そうとしか思えないことが続いていて……」

セシリアが言うには、ベイルに挨拶しようと近づいてきた人達が、セシリアに近づいたとたんに固まり、青ざめて離れていくそうだ。

「このままでは、私のせいでベイル様にご迷惑をおかけするのではないかと……」

ベイルは頭をかかえた。

(俺のせいだった! 俺のせいでセシリアを悩ませてしまっていた!)

自分が情けなくなりため息をつくと、セシリアは悲しそうにうつむいてしまう。

「ベイル様、申しわけありません……」

「いや、違う! すまない、それは俺のせいだ! 他の男があなたにふれるのが嫌で、睨みつけて全て追い払っていた」

セシリアは、ポカンと少しだけ口を開けた。

「え? で、でも、ご挨拶をしないといけないのでは?」

「挨拶は一定の距離を保ったままでもできる。あなたにふれたり手の甲へ口づけをしたりなど言語道断」

セシリアは納得したようなしていないような顔をしている。

「そ、そうですか……。そうとは気がつかず、勘違いをしてしまいました」

「勘違いをさせた俺が悪い」

「いえ、私が……」

お互いに自分が悪いと謝っていると、セシリアがフフッと笑った。

「どうかしたか?」

「いえ、これからも勘違いやすれ違いはたくさんあると思うのですが、こうして一つずつ向き合って、ベイル様と一緒に解決していくのだろうと思うとなんだか急に嬉しくなってしまって」

ベイルは揺れる馬車の中で、セシリアが座る向かいの席に移動した。驚くセシリアの頬に手をそえると、可愛らしいことを言う、可愛らしい人にそっと口づけをする。

ベイルが顔を離すと、目の前には真っ赤になってフルフルとふるえるセシリアがいた。

「そうだな。こうして少しずつお互いに歩みより、わかり合っていこう」

ベイルが、もう一度顔を近づけようとすると、小さく悲鳴を上げたセシリアに両手で防がれてしまう。

「も、もう着きますから!」

その言葉にウソはなく、窓の外にはランチェスタ侯爵家が見えていた。

(ぐっ、モフり足りん……)

しかも、ベイルは、未だにセシリアに両手で顔を押さえつけられ、二度目の口づけを拒まれている。

「セシリア、こういうことにも、少しずつ慣れていったほうがいい」

ベイルがセシリアの指の隙間から真剣に伝えると、「ど、努力します」と頼りない返事が返ってくるのだった。

セシリア視点

セシリア＝ランチェスタとベイル＝ペイフォードの婚約が成立し、結婚式を来年に挙げることが決まってから、ランチェスタ侯爵家には数々のお祝いの品が送り届けられていた。

親しい友人や親戚からの贈り物はもちろんのこと、王国中の服飾店や宝石店、さらにはランジェリー店までもが、『お祝い』と称して自店のサンプル品とカタログを送りつけてくる。

毎日大量に届く荷物に、セシリアも驚いていた。

（ペイフォード家の影響力は、すごいわね）

もしこれが、ランチェスタ家主催の結婚式だったら、当然『質素に執り行われる』と判断され、ここまで盛り上がらなかったと思う。

積み上げられた全ての荷物を、一人で開けるのは無理なので、メイド達に手伝ってもらうしかない。

セシリアが、手近のピンク色の箱を開けると、真っ赤なレースで作られたスケスケのランジェリーが入っていて慌てて箱を閉めた。

（こ、これをもらって、いったいどうしろと⁉）

こんなものが入っているのなら、メイドに手伝ってもらうのも恥ずかしい気がするが、片付けないわけにはいかない。

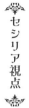

セシリアは、あきらめて手の空いているメイド達に声をかけた。セシリアを含む五人で積み上げられた箱を開けていく。

「セシリアお嬢様。どこも『ぜひ当店でウエディングドレスを！』と言っていますね。お嬢様は、どのお店でウエディングドレスを作られるのですか？」

「私、詳しいことはわからないから……」

おしゃれに詳しい友人のエミーに聞いてみようかしら？　と思ったが、セシリアはすぐに考えを改めた。

「……うん、詳しいことはわからないから、この機会に、自分がどんなデザインが好きで、どういうドレスを着たいか考えてみるわ」

（結婚するのは、私だものね）

今持っているドレスのほぼ全てが、婚約者のベイルが選んで贈ってくれたものだった。いくらセシリアがおしゃれにうとくても、ウエディングドレスくらい自分で選べる人間でありたい。

（いつまでもベイル様に頼ってばかりじゃ情けないもの）

セシリアは気合を入れて、カタログを集めはじめた。

その日から、ドレスのカタログに目を通すようになり、いろいろな発見があった。

（一言にドレスって言っても、いろいろあるのね）

スカートの形の違いだけでも、プリンセスライン、マーメイドライン、エンパイアライン、Aラインなど。さらに、ドレス丈の種類として、ミニ丈、アンクル丈、ロング丈があり、袖のデザイン、首周りのデザインと多種多様だった。

（ベイル様がくださるドレスは、プリンセスラインが多いわね）

プリンセスラインが似合う女性の欄に『華やか・可愛らしい』と書かれていて、思わず頬が赤くなる。

（ミニ丈のドレスはとても可愛いけど、私は着る勇気はないわ……。胸元も足も出ないドレスが良いわね。肩や腕は出ていても気にならないけど）

少しずつ、自分の好みがわかってくる。セシリアは、そのことがとても嬉しかった。

（このドレスにはこの髪型が似合うのね。この髪飾り、可愛いわ）

そんな日々を過ごしていたある日、ベイルから手紙が届き、セシリアはペイフォード家にお呼ばれした。

出迎えてくれたベイルに案内され、セシリアが部屋の中に入ると、部屋中にウエディングドレスが並べられていた。

「セシリアに似合いそうなドレスを選んでみた。ただ、五〇着までしかしぼり切れなかった」

ベイルは真剣な顔で、そんなことを言ってくる。

「あ、あの……」

「もちろん、セシリアは何を着ても美しく愛らしい！　だが、結婚式は一度きりだ。あなたの魅力を最大限に引き立てなければ！」

グッと拳を作り力説するベイル。

「あの、ベイル様」

「さぁ、順に試着を！」

ベイルの言葉を聞いて、後ろに控えていたメイド達がセシリアを取り囲んだ。

「ちょ、ちょっと、待って……」

このままでは、また流されてベイルに決めてもらうことになってしまう。

（このまま一生、ベイル様に全て決めてもらって、ずっと守ってもらうの？）

それは、どうしても嫌だった。

（私だって、もっとしっかりしてベイル様のお役に立ちたい）

「ベイル様。ま、待ってください！」

予想以上に大きな声が出てしまい自分自身で驚いた。メイド達はもちろんのこと、ベイルも驚きセシリアを見つめている。セシリアはギュッとスカートを握りしめた。

「あの、ウエディングドレスは自分で選びます」

ベイルの口が少し開いた。

「だから、ベイル様は……その、お部屋の外にいてください」

ベイルはしばらく立ち尽くしたあと、カクカクとした動作でうなずき、フラフラした足取りで部屋から出ていった。

（良かった。今日は流されずに、思っていることをベイル様に伝えられたわ）

セシリアは、呼吸を整えると顔を見合わせているメイド達に優しく声をかけた。

「私、足や胸元が出るドレスは着たくないの。可愛いドレスも良いけど、普段着ない上品で大人っぽいドレスも一度、試着してみたくて……いいかしら？」

メイド達はすぐに笑顔になり「はい」と明るく返事をした。

ベイル視点

部屋から出て扉を閉めたとたんに、ベイルはふらつき壁にもたれかかった。

（……せ、セシリアに、お、お、追い出され、た……？）

しかも、今まで聞いたこともないくらい大きな声で『待ってください！』と制止された。

（もしかして、俺はセシリアを怒らせてしまったのか!?）

冷静に考えると、セシリアを魅力的に着飾りたい一心で、彼女の意見も聞かず勝手に似合いそうなドレスを集めてしまった。それがセシリアの怒りにふれたのかもしれない。

ベイルの脳内に、妹のクラウディアから聞いた『婚約破棄』の言葉が浮かんだ。

少し前なら家同士の結びつきを強くするための婚約を、当人同士が破棄することなど不可能だった。しかし、妹のクラウディアと、その婚約者のアーノルド王子が「婚約も結婚も、親ではなく当人の意見が大切」と言ったことから、あちらこちらで、親が勝手に取り決めた婚約が破棄されているらしい。

ようするに、婚約していても、セシリアの気が変わったら破棄される可能性があるというわけで。

（お、恐ろしい……）

セシリアが側にいない人生なんてもう考えられない。

(妹は良いとして、アーノルド殿下め、余計なことを……)

今度アーノルドに会ったら、文句の一つでも言わないと気が済まない。

(とりあえず、セシリアに怒りを鎮めてもらわなければ)

真剣に考えてみたが、女性の機嫌を取る方法が一つも思いつかない。『ならば、セシリアの好きなものを』と考えを変える。

(花や甘いものは好きだと言っていたな。弟のことも、もちろん大好きだろう)

ベイルはふと『そういえば、セシリアの嫌いなものや、されたら嫌なことを一つも知らない』という事実に気がついた。

(好きなものも大切だが、相手が嫌がることも知っておくべきではないのか?)

それさえ知っていれば、今回のように怒らせてしまうことはないだろう。

どんな状況でも情報収集が大切なことは理解しているのに、セシリアのことになると盲目的になってしまう自覚はあった。

ベイルはセシリアが乗ってきたペイフォード家の馬車に向かい、馬車の御者に近づいた。ベイルを見た初老の男は、帽子を取りうやうやしく頭を下げる。

「ベイル様、何かご用でしょうか?」

「セシリアから、あなたが長年ランチェスタ侯爵家に仕えていたと聞いている」

セシリアがランチェスタ家に閉じ込められてしまった時、自らの危険を顧みずセシリアの脱出を手伝ってくれたのが彼だった。

そのあと、褒美を与えようとすると、無欲にも『ベイフォード家の御者として働かせてほしい』と言うので、彼の意見を尊重し働いてもらっている。

ベイルが素直に「セシリアのことを教えてほしい」と伝えると、初老の男は、人の良さそうな笑みを浮かべた。

「私でお役に立つのでしたら」

「実は、セシリアが嫌がることを教えてほしいんだ」

初老の男は驚いて「ほう」と声を漏らす。

「それはまた、どうして？」

「それは……俺がセシリアを怒らせてしまい」

「あのセシリアお嬢様が怒ったのですか？」

「やはり珍しいことなのか？」

「はい。お嬢様は、とても温厚なお方なので、怒ったところはもちろん、声を荒げたところすら見たことがありません」

「そうか……」

そんなセシリアを怒らせてしまったことに、さすがに落ち込んでしまう。

「ですから、きっとベイル様のことをとても信頼されているのでしょうね」

予想外の言葉にベイルが御者を見ると、嬉しそうに微笑んでいた。

「感情を表に出すのは、相手に受け止めてもらえると思っている証拠でもありますから」

「なるほど……」

そう言われれば、今回のことで『セシリアの別の一面を見れた』と考えることもできる。

(確かに、思ったことを我慢して言わないより、怒ってでも言ってくれたほうが俺としても嬉しいな)

ベイルが礼を言うと、御者はまた礼儀正しく頭を下げた。

(そうか、俺はセシリアを怒らせないようにするのではなく、これからは、どんなセシリアでも受け止められる包容力がある男になろう!)

そうと決まれば、セシリアに会わなければ。

ドレスを集めた部屋に戻る途中で、セシリアを任せたメイドの一人が辺りを見回していた。

「どうした? 何かあったのか?」

ベイルが声をかけると、メイドは「セシリア様がお呼びです」と満面の笑みを浮かべる。

部屋の中では、シンプルで綺麗なラインのドレスを着たセシリアが光の中にたたずんでいた。ベイルに気がつくと、ふわりと女神のように微笑む。そのあまりの美しさにベイルは目を奪われた。

「ベイル様、私、このドレスに決めました」

「……ああ、とても良く似合っている」

ありきたりな褒め言葉をなんとかしぼり出すと、セシリアは静かにベイルに近づいてきた。

「ベイル様に出会うまで、私は『可愛いドレスなんて似合わない』とずっと思っていました。でも、ベイル様がたくさん褒めてくださったので、前向きに生きる勇気をいただきました」

セシリアの綺麗な瞳が、真っすぐにこちらを見つめている。

「ですから、これからは自分のことは自分で決めます」

その言葉は、セシリアに急に距離を置かれてしまったようで、ベイルは少しだけ寂しく感じた。

「あなたは俺の妻としても、次期ペイフォード公爵夫人としても、今のままで十分に相応しい」

セシリアは嬉しそうに微笑む。

「ありがとうございます。でも……」

少しうつむいてセシリアは頬を染めた。

「これからずっと一緒にいるのですから、ベイル様がおつらい時だってあるでしょう？　その時は、私があなたを支えたいのです。だから、全てを頼って守られているだけでは嫌なのです」

「セシリア……」

そんなことを考えてくれていたのかと思うとベイルの胸が熱くなる。

セシリアは、「も、もちろん、つらい時がないほうが一番ですが」と慌てている。

（ぐっ、可愛い！）

頬を染めたセシリアは、「私だっていつか、ベイル様のお役に立ちたいのです」と上目づかいで見つめてくる。

（かはっ、可愛いの追い打ちをかけてきただと⁉）

ベイルは、もうすでに婚約者が可愛すぎてつらくなっていた。

「ベイル様、ドレスは決まりましたが、これからは、結婚式で身につけるアクセサリーや小物を選んでいこうと思います。予算や色合いのご相談をしたいです。カタログやサンプル品がたくさんあるので、一度、ランチェスタ家に来ていただけますか？」

「……わかった」

今、胸をしめつけるこのつらさは、多くの幸せも含んでいるので、ベイルは『あなたが可愛すぎてつらい』を言葉にせずに、そっと自身の胸に大切に仕舞い込んだ。

数日後。

ベイルがセシリアの部屋に行くと、たくさんのカタログが積み上げられていた。

「毎日、いろんなお店から送られてくるのです。サンプル品もそちらにたくさん……」

セシリアが指差すほうを見ると、レースやらアクセサリーやらが山となっている。

「いただいたサンプル品は、依頼するお店を決めたあと、メイド達に配ろうと思っています。多すぎますので」

少し困った様子のセシリアを見て、ベイルが『何か役に立てないだろうか？』と部屋を見回すと、まだ開けていない箱を一つ見つけた。そのピンクの小箱を手に取り、なんとなく開けると一瞬赤いものが見えた。

とたんに、「きゃあ⁉」と部屋中に大きな悲鳴が響き、素早くセシリアに箱を取り上げられた。

ベイルが驚いてセシリアを見ると、セシリアは顔を真っ赤に染めている。

「ベイル様、勝手に開けないでください！」

「す、すまない」

（また怒られてしまった）

ベイルは、反省も込めて「大切なものが入っているのだな」と言うと、セシリアは「ち、違います！　これは、ぜんぜん大切じゃないです！」と、なぜか涙目になっている。

「では、何が入っているのだ？」

「これは、ただのサンプル品で、その……スケスケな……ら、ランジェ……」

セシリアの声が小さすぎて良く聞こえない。

「すまない、聞こえなかった。もっと大きい声で言ってくれ」

セシリアはピンクの箱を胸に抱えながら、小動物のようにふるえて「もう知りません！」とこちらに背を向けた。

そんなセシリアを見て、ベイルは『俺の婚約者は、怒っている姿すらも愛らしい』と新しい発見をしてしまい驚愕《きょうがく》するのだった。


そうして迎えた結婚式の当日。

ベイルはいらだちをおさえきれずにいた。なぜなら、着替えのために準備された部屋に、見知らぬ女がいたからだ。

（なんだ、この女は？）

濃い化粧を施していて、甘ったるい香水の匂いが鼻に突く。無意味にシャツのボタンを胸元まで開けているのも気に入らない。一見、メイドのような格好をしているので、ここまで誰に咎められることなく入り込めたのだろう。

(だから、俺は外部の者を使うのは嫌だと言ったのだ)

ベイルは、女を追い払うように右手をふった。

ペイフォード公爵家のベイルと、ランチェスタ侯爵家のセシリアの結婚式は、神殿で厳《おごそ》かに行われることになっている。しかし、両家の父親達の希望で披露宴は、ペイフォード公爵家の庭園で「華やかに、かつ盛大に」行うことになっていた。

(まったく……公爵家に仕える者達だけでも盛大にできたものを)

披露宴の準備を外部委託したせいで、公爵家には多くの人間が出入りすることになった。念のため騎士団に監視をするように指示していたが、公爵家に仕えるペイフォード騎士団の副団長ラルフは「結婚式や披露宴の警備も担当しないといけないのに⁉」と、仕事の多さに青ざめていた。

そんなラルフとの事前打ち合わせの時に、「ベイル団長、当日のセシリア様の警護はどうしますか？」と尋ねられた。

「ランチェスタ侯爵家にもある程度の護衛はいるが、混乱を避けるために警護はペイフォードで全て担当することになっている。セシリアには悪いが、前日からペイフォード家に宿泊するように伝えてある」

「それなら、まだどうにかできそうです」

不安そうなラルフに「結婚式当日、俺の周囲の警護はいい」と伝えると、「当たり前ですよ！　ベイル団長は守る必要なんかないでしょうが⁉」と睨みつけられた。

そういう事情があり、警護が一人もついていないベイルの支度部屋に見知らぬ女が紛れ込んでいた。

理由は簡単、次期公爵になるペイフォード家の嫡男を誘惑するためだ。不思議なことにセシリアとの結婚を決めてから、こういう馬鹿げたことが頻繁に起こるようになった。

副団長のラルフが言うには「セシリア様とのご結婚が決まって、今までベイル団長を恐れていた人達が『あの氷のベイル＝ペイフォードも人間だったのか⁉』って、今さらながらに気がついたんじゃないですか？」と。

「俺が人間だと、どうして誘惑されるんだ？」

「それは……」

ラルフは少しためらったあとに「俺が思っているわけじゃないですよ？」と前置きをした。

「その、セシリア様が落とせるなら、他の女性でもベイル団長を落とせると思われているのでは？」

「ほう」

自分でも驚くくらい殺意が湧いた。ラルフが「お、俺が思っているわけじゃないです！」と青ざめている。

「ようするに、馬鹿げた連中が、セシリアのことも、俺のことも侮辱《ぶじょく》しているわけだな？」

「ま、まぁ、そういうことですかね？」

そんな会話を思い出したあとに、ベイルが意識を現実に戻すとまだ不愉快な女が目の前にいた。

「出ていけ」

ベイルが冷たく言い放つと、女はしなを作り長い髪をかきあげた。不快な匂いがさらに濃くなる。

(臭い！　どうして結婚式の当日に、俺はこんな目に遭っているんだ!?)

待ちに待ったこの輝かしい日。愛するセシリアと夫婦になれる素晴らしいこの日を邪魔する者にベイルは殺意を覚えた。

腰に帯びていた剣は式典用の偽物だったが、ベイルはふり向きざまに剣を抜き、女の首へと突きつける。

「出ていけと言ったはずだ。これ以上ここにいるなら、不敬罪で罰する」

たとえ剣が偽物でも殺意は本物だ。女はガクガクとふるえてその場に座り込んだ。腰が抜けたのか動けそうにない。

仕方がないのでベイルが部屋から出ていった。部屋を出るとペイフォード公爵家のメイド達が待ち構えていた。

「どうして中に入ってこなかった?」

メイド達は「ベイル様が呼ぶまで誰も部屋に入らないように、と言われていました」と驚いている。

「その指示を出したのは誰だ?」

メイドの一人が、外部契約した商人の名前を出したので、すぐにここに呼ぶように伝えた。支度部屋に戻ると、メイド達はテキパキとベイルの身支度を整えていく。

部屋の中に腰を抜かした女性がいても、メイドは誰一人、気にしなかった。

ベイルの支度が終わったころに、小太りの男が部屋に顔を出した。男は、部屋で腰を抜かしてふるえている女を見つけて目を見開いている。

「知り合いか？」

ベイルが冷たく問うと、男はモゴモゴと口を動かしたあとに「娘です」と答えた。

「なるほど。この祝いの席で、自分の娘に、俺を誘惑させようとしたということか？」

「滅相もございません！」

「なら、娘の独断だな。娘は不敬罪で処罰する」

娘の口から「ひっ」と悲鳴が漏れた。

「……いや待て。もっと根本的な解決をするか」

ベイルが偽物の剣を手に持ち睨みつけると、小太りの男は勢い良く頭を床につけた。

「お許しください！」

「お前が誰に頼まれたのか話せば、命だけは助けてやる」

「私は誰にも……」

ベイルは剣の鞘《さや》で男の手の甲を思いっきり突いた。骨が砕ける鈍い音がし、男が叫びながらのけぞる。

「誰に頼まれた？」

男はふるえて涙を流し、とある貴族の名前を告げた。

「本当だろうな？　もしウソならば、お前達の命はないぞ」

必死に命乞いをする小太りの男には、ウソをつく余裕はなさそうだ。

「いいだろう。約束だ。命だけは助けてやる」

男と娘を鞘《さや》で強く打ち気を失わせると、メイドの一人に「ペイフォードの騎士を呼べ。この二人を拘束して閉じ込めておくように」と命じる。

すぐに「はい」と返事をして、メイドの一人がかけていった。

(同じようなことが起こりすぎて、俺もメイド達も、もう慣れたものだ)

そして、ペイフォードの騎士達も慣れてしまっただろう。

(これ以上、馬鹿げたことが起こらないように元を断たねば)

結婚式が終わり次第、ベイルは黒幕の貴族を潰すことを決めた。

メイドの一人が少し乱れたベイルの髪を素早く直す。

「セシリアは?」

ベイルがそう尋ねると、今まで少しも表情を崩さなかったメイド達が嬉しそうに微笑んだ。

「とっても、とってもお綺麗でしたよ!」

「セシリア様は、妖精のようでした!」

「いえいえ、もう本当に女神様が舞い降りたかのようで!」

興奮するメイド達に、ベイルは無表情に尋ねた。

「どうして、俺より先に、花嫁姿のセシリアを見ている?」

メイド達は一斉に口を閉じ、室内は静まり返った。皆、まるで急な吹雪にさらされたように、顔を青くしてふるえている。

しばらくすると、ベイルが「どうした？　早く案内してくれ。俺も花嫁姿のセシリアが見たい！」と興奮気味に言ったので、安堵したメイド達は、今度はベイルも交えて再びセシリアトークで熱く盛り上がった。

セシリア視点

結婚式の当日は、とても慌ただしかった。

この日、花嫁になるセシリアは、朝早くから湯あみをさせられ、香油で念入りに肌を磨かれた。

どこか鬼気迫るランチェスタ侯爵家のメイド達に、セシリアが「そこまでしなくても……」と呟くと、メイド達は「今日は、セシリアお嬢様の晴れ舞台ですよ！　この国で一番美しい花嫁にならなくては！」と鼻息荒い返事が返ってきた。

「もちろん、お嬢様は元からお美しいですけどね！」

長い付き合いの彼女達が真剣に仕事をしてくれているのがわかるので、セシリアは黙ってされるままになっていた。

メイド達は、セシリアにウエディングドレスを着せると、化粧を施し手際よく髪を結っていく。それが終わると、セシリアがベイルと一緒に選んだ青い宝石のアクセサリーで、セシリアを豪華に飾った。

鏡の中には、純白のドレスを身にまとった、美しい花嫁がたたずんでいる。

セシリアが「自分じゃないみたいだわ……ありがとう」とお礼を言うと、メイド達は嬉しそうに微笑み合った。

（私、本当にベイル様と結婚するのね）

なんだか夢でも見ているような気分になってしまう。

初めてベイルに会った時は、こんな日が来るなんて思いもしなかった。

扉がノックされ、メイドの一人が「お嬢様、ベイル様がお越しです」と教えてくれる。

「入っていただいて」

ベイルが部屋に入ってくると、メイド達は気を利かせてくれたのか、皆、部屋の外へと出ていった。

「ベイル様」

セシリアが声をかけると、ベイルは流れるような仕草で床に片膝をついた。

「くっ！　これは……ダメだ」

両手で顔を覆ったベイルは「これはダメだ」と小声でくり返している。あまりに「ダメだ」をくり返すので、ベイルの行動に慣れたセシリアもさすがに不安になってきた。

「このドレス、ダ、ダメでしたか？」

ベイルが「違う！」と叫びながら立ち上がると、まるで眩しいものを見るかのように瞳を細めた。

「あなたが美しすぎて、直視できない」

その言葉を聞いてセシリアはホッと胸をなで下ろす。

「ベイル様も、とっても素敵です」

ベイルが何かをこらえるような表情で右手を上げたので、セシリアは慌てて距離を取った。

「ベイル様、今日は披露宴が終わるまで、髪をなでるのは禁止ですよ」

「あ、ああ」

どことなく不満そうなベイルに、セシリアは微笑みかけた。

「夫婦になれば、髪はいつでもなでていいですから」

嬉しそうに微笑むベイルに「いつでも良いのは、髪だけか？」と聞かれた。セシリアが不思議そうに首をかしげる。

「抱きしめるのは？」

「そ、それは……」

答えに困っていると、ベイルの顔が近づいてきて耳元でささやかれる。

「口づけは？」

からかわれているとわかっていても顔が赤くなってしまう。

「もう、からかわないでください」

「からかってなど、いないのだが？」

真剣な顔をしたベイルに、セシリアはため息をついた。

「私も、いつかベイル様をからかってみたいです」

「と言うと？」

「だって、いつも私だけ照れているから……」

両腕を組んだベイルは「と、いうことは、セシリアが、俺が照れるようなことを積極的にしてくれるということか」と独り言のように呟いた。何を考えているのか、ベイルの目元が赤く染まっている。

「う、うむ。それは期待してしまうな」

「何を考えてらっしゃるのですか？」

ベイルはわざとらしく咳払いをして何も答えてくれなかった。

ベイル視点

メイドが呼びに来たので、ベイルとセシリアはそろって馬車に向かった。その途中で妹のクラウディアが見送りのために出迎えてくれた。

セシリアは着飾ったクラウディアを見て、恋する乙女のように頬を赤く染めている。

（複雑だ。その表情を俺だけに向けてほしいと思ってしまう）

実の妹に嫉妬しても仕方がない。セシリアとクラウディアがお互いの美しさを褒め合っているうちに、ベイルは妹の専属メイドであるエイダに向かって小さく手招きした。エイダはすぐにベイルの側に近づいてくる。

「披露宴を外部委託していた先の責任者が問題を起こした。すぐに収めて隔離したので、他の者は気がついていないだろう。このまま披露宴の準備を続けられるか？」

「はい」

「もし、披露宴で何か問題が起これば、父上に報告するのではなく、ディアが中心となって対処してほしいと伝えておいてくれ。俺や父上が動くと来賓に『何かあったのか？』と疑われてしまうからな」

エイダは、うやうやしく頭を下げた。

つい最近まで守らなければと思っていたクラウディアも、今となっては立派なペイフォード公爵家の一員だった。次期王妃になるための教育も順調に進んでいるようだ。

（今のディアになら安心して任せられる）

ディアだけではなく、野ウサギのように愛らしいセシリアも、次期公爵夫人に相応しく、実はとても芯がしっかりとした女性だとわかっていた。ただ、結婚式の当日くらい、なんの心配も不安もなく、皆からの祝福に包まれていてほしいと願ってしまう。

だから、今日、どんな問題が起ころうとセシリアには伝えないとベイルは決めていた。

（これは、俺のわがままだな）

ベイルは、止めなければいつまでも話していそうなセシリアとクラウディアに声をかけた。クラウディアに「のちほど、神殿で会おう」と告げ、セシリアと二人で馬車に乗り込む。

神殿に向かう馬車の中で、セシリアから「さっきは、何を考えていたのですか？　ベイル様が照れることってなんですか？」という純粋無垢な質問攻撃にあい、ベイルは喉が痛くなるくらい咳払いをすることになった。

（言えない……。どうせ誘惑されるなら、セシリアに誘惑されたいと思ったなど言えない……）

つい先ほど、支度部屋に不法侵入してきた女が、もしセシリアだったらと考えただけでベイルの動悸、息切れは激しくなった。

（セシリアが俺の敵ではなくて良かった。セシリアに誘惑されたら、罠とわかっていても即落ちして、セシリア側に寝返ってしまう）

質問することをようやくあきらめたセシリアが、すねた子どものように口をとがらせた。

（ぐあはっ!!）

そのあまりの可愛さに、ベイルは大ダメージを受けて軽く意識が飛んでしまう。着飾らなくても美しいセシリアが、着飾ると愛らしいやら神々しいやらで、その破壊力は凄まじい。

（式が終わるまで、俺は意識を保っていられるだろうか）

ベイルが不安を感じながら目を閉じると、いつもとは違う甘い香りに気がついた。もちろん、セシリアの香りだ。

（いつもの優しい香りではないが、これはこれで……最高だな！）

そこでふと、先ほど嗅いだ不法侵入女は、気分が悪くなるほど甘ったるい匂いだったことを思い出す。

（なるほど、俺は甘い香りが嫌いなのではなく、セシリアの香りが好きなのだな）

ベイルにとって、世の女性の分類は、セシリアかそうではないかの二択だった。

セシリアのすることなら、なんでも好ましい。おそらく、セシリアが不法侵入女と同じ香水をつけたとしても、「最高に良い香りだ」と本気でそう感じて言い切る自信があった。

（我ながら単純な男だ）

馬車の向かいの席に座るセシリアに目を向けると、バチッと視線があった。もう機嫌は直っているようで、ニッコリと微笑みかけてくれる。

（はぁ……）

胸がしめつけられるように痛む。

この狂おしいような感情を『愛』と呼ぶなら、時折、人が愛に狂った末に愚かな行動をしてしまうのは仕方がないように思えた。

セシリア視点

二人を乗せた馬車は神殿の前で止まった。先に降りたベイルが優しい笑みを浮かべて左手を差し出す。その手に右手を乗せながらセシリアは思った。

（これから結婚式なのに、ベイル様は少しも緊張していないのね。私は、昨日の夜から緊張しすぎて、ほとんど眠れていないのに）

隣を歩くベイルをチラリと見ると、整った横顔はいつものように落ち着いている。

（そういえば、初めはベイル様のこと、冷たくて怖そうな人って思っていたわね）

ベイルの射貫くような鋭い瞳も、無言の圧もその全てが恐ろしかった。

（でも、どうしても憧れのクラウディア様とお近づきになりたくて、勇気をふりしぼったっけ）

今思い返せば、とんでもないことをしたと思える。セシリアがついクスッと笑ってしまうと、ベイルに「どうした？」と不思議そうに尋ねられた。

「ベイル様と出会ったころのことを思い出していました。あのころは、ベイル様が怖くて……」

ベイルの顔からサァと血の気が引いた。『人の顔ってこんなに急に青ざめるの⁉』と驚いてしまうくらい、ベイルの顔は真っ青になっている。

「ベイル様⁉」

「セシリアは、俺のことが、怖かった……のか？」

「は、はい、出会ったころ、少しだけ。でも、すぐにベイル様が優しい方だとわかりましたよ」

「ほ、本当に？」

「本当です！」

ベイルが「ハァー」と長く深いため息をついた。

「今の言葉は、俺の人生の中で一番、衝撃的だったぞ」

「すみません……」

神殿の中に入ると、白い衣装を身にまとった神官達に出迎えられた。式が始まるまで、控室で待っているようにと伝えられる。

控室には、神官も誰もおらず、簡素な椅子が二脚置いてあるだけの狭い部屋だった。セシリアは、ベイルと並んで椅子に座ると緊張で手がふるえてきた。

（いよいよ、結婚式が始まるのね）

結婚式といっても、王族のように皆に見守られながらの式ではない。この国の主神である女神に夫婦の誓いを捧げ、祝福を受けるための二人きりの儀式だった。

（結婚式より、たくさんの人が集まる披露宴のほうが緊張するかも）

セシリアが落ち着くために深呼吸をくり返していると、ベイルが「さっきの件だが」と話を切り出した。

「はい？」

なんのことかわからず返事をすると、ベイルが「セシリアは、実は俺のことが怖かったという件だ」と眉間にシワをよせる。

「ああ、あれは……」

「俺はひどく傷ついた」

セシリアの言葉をさえぎり、ベイルは自身の胸を痛そうに押さえた。

「も、申しわけありません！」

「許さない」

ベイルの青い瞳がセシリアを見つめている。

「どうしたら、許していただけますか？」

セシリアが泣きたい気分でベイルを見つめ返すと、白い手袋をはめたベイルの手がセシリアの肩にふれた。

「今はもう、俺を怖がっていないと証明してほしい」

「それは、どうしたら証明できますか？」

そのとたんに、真剣だったベイルの口元が緩んだ。

「そうだな……これからは、俺を『ベイル』と呼ぶように」

「そんな⁉　ベイル様を呼び捨てになんて」

ベイルは「やはり、セシリアは俺が怖いのだな……」とうつむいてしまう。

「違います！」

「では、証明してくれ」

セシリアが困っていると神官達が「式が始まります」と呼びに来てしまった。ベイルは、何事もなかったように立ち上がり「さぁ行こう」と微笑む。

荘厳な扉の前に立つと、神官達がゆっくりと扉を開いた。室内は光にあふれている。床に敷かれた真紅の絨毯が真っすぐに延びたその先に、高位神官の姿があった。

室内に足を踏み入れる前に、セシリアはベイルの袖を引いた。こちらを見たベイルに背伸びしてそっとささやく。

「さっきは『怖かった』なんて言って、傷つけてごめんなさい……。ベイル、愛しています」

ベイルは何かをこらえるようにブルブルとふるえたあと、「何があっても、俺はあなたには一生、勝てない」とまるで少年のように無邪気に微笑んだ。

ベイルの大きな手に引かれ、二人で赤い絨毯を並んで歩く。足音すら聞こえない静かな二人だけの世界で、微笑みを交わし視線で愛を伝えあう。

神官の前にたどり着くと、女神アルディフィアの名の許《もと》に祝福を告げられた。夫婦の誓いの言葉を述べたあとに、それぞれに「誓います」と永遠に続く神聖な誓約を交わす。

ベイルの顔がセシリアに近づいてきたかと思うと、誓いのキスをされた。

儀式の一環とわかっていても、恥ずかしくて顔が赤くなってしまう。セシリアが、うつむいていると、ふわっと身体が宙に浮いた。気がつけばセシリアは、ベイルにお姫様だっこされている。

「お、下ろしてください！」

「セシリアが、俺に敬語を使うのをやめたら考えよう」

「ええっ⁉」

ベイルはズンズンと扉に向かって歩いていく。扉の先では、親族が二人を祝うために集まっていた。

「ベイル、恥ずかしいです！」

「です？」

ベイルは、本気でお姫様だっこのまま外に出るつもりのようで、もう扉の前まで来てしまっている。

セシリアは泣きたい気分になりながら叫んだ。

「ベイル、下ろして！」

言う通り敬語を使わなかったのに、ベイルは笑っているだけでセシリアを下ろそうとはしない。

「言う通りにしたのに⁉」

セシリアが苦情を言うと「考えるとは言ったが、下ろすとは言っていない」とイタズラな笑みが

返ってくる。

セシリアは両手を伸ばして、そっとベイルの頬にふれた。

「ベイル、意地悪はやめてください。……悲しいです」

スッとベイルの顔から笑顔が消え、セシリアを素早く丁寧に下ろしてくれた。その顔は、先ほどのように青ざめている。

「すまない、あなたと夫婦になれたことが嬉しすぎて、浮かれて調子に乗ってしまった！　二度とあなたが嫌がることはしないと約束する！」

「本当ですか？」

ベイルは「本当だ！」と力強くうなずいた。

「私も、あなたに敬語を使わないように気をつけます。だから、これからは私にお願いがあるときは、意地悪せずに普通に言って……ね？」

敬語を使わないように気をつけると、なんだか変な感じになってしまう。それでもベイルは嬉しいようで「ああ」と笑みを浮かべた。

手を繋ぎ、二人並んで扉の向こうへ足を踏み出した。扉の先は祝福と拍手で満ちている。

これから先、どんなことが起ころうと、繋いだこの手が離れることは決してない。

セシリア視点

結婚式が無事に終わり、ペイフォード家の野外会場にて披露宴が行われていた。披露宴には新郎の妹クラウディアはもちろんのこと、アーノルド王子も出席してくれている。

セシリアとベイルが並んで座っているメインテーブルや来賓席は、白い花々で上品に飾られていた。

（すごく豪華な披露宴だわ……）

その豪華さにセシリアが圧倒されていると、真っ白な花束を持ったクラウディアが優雅にメインテーブルに近づいてきた。

「ベイルお兄様、セシリア様。ご結婚おめでとうございます」

憧れのクラウディアに見惚れながら、セシリアは真っ白な花束を受け取った。心がフワフワして夢のようだ。

「ありがとうございます」

クラウディアは月の女神のように美しい笑みを浮かべている。

「実はこのあと、セシリア様に『ブーケトス』というものをしていただきたいのです」

「ぶーけとす、ですか？」

聞いたことがない言葉に、セシリアは首をかしげた。

「はい、私も記憶が曖昧《あいまい》なのですが、確か花嫁が後ろ向きに投げた花束を、未婚女性が受け取ると次に結婚できる、とか、そのようなことだったと思います」

「この花束を、私が投げるのですか？」

せっかくクラウディアにもらった花束を投げたくないと思ったが、クラウディアが考えてくれた企画をやらないという選択肢はない。

「わかりました」

セシリアが笑顔で了承すると、クラウディアは隣にいるベイルにも確認を取った。

「お兄様、やってもいいですか？」

「セシリアがいいなら」

その言葉を聞いたクラウディアが、披露宴の司会を担当していた男性に合図を送ると、司会の男性は参加者にブーケトスの説明を始めた。

参加者の中から、若い女性がメインテーブルの付近に集まってきた。その中には、クラウディアや友人のエミーの姿もあった。皆、楽しそうに瞳をキラキラさせている。

（上手くできるかしら？）

セシリアは、今まで生きてきて、物を投げたことがほとんどない。不安に思っていると、ベイルが「ディアは、後ろを向いて投げると言っていたぞ」と教えてくれる。

「そ、そうでした！」

慌てて後ろを向いたセシリアは、司会者のかけ声に合わせて、花束を空へと放り投げた。

晴れ渡った青空に真っ白な花束が吸い込まれていく。セシリアの視界から花束が消えると、背後で歓声が上がった。

（誰が受け取ったのかしら？）

ワクワクしながらふり返ると、白い花束を抱えたクラウディアが綺麗な瞳を大きく見開いていた。

司会者に呼ばれ、クラウディアがセシリアの側に近づいてくる。

「私が取ってしまいました」

花束を抱えたクラウディアは戸惑っていた。

「クラウディア様、おめでとうございます。次のご結婚はクラウディア様ですね」

セシリアがそう声をかけると、クラウディアの白い頬がほんのりと赤く染まる。

「セシリア様、お兄様と結婚してくださって、本当に……本当にありがとうございます。お兄様は幸せ者ですわ」

クラウディアの瞳には、うっすらと涙が浮かんでいた。

「そんな……私のほうこそ」

二人で手を取り合い、クラウディアと微笑みを交わす。クラウディアのエメラルドのように美しい瞳を見つめていると、吸い込まれてしまいそうだ。

ベイルに「セシリア」と呼ばれたのでセシリアは我に返った。クラウディアは嬉しそうに婚約者のアーノルド王子にかけより、二人で微笑み合っている。

アーノルドに向けた無邪気な笑みは、大人びたクラウディアをいつもより幼く見せた。

（クラウディア様、か、可愛い！）

セシリアがキュンキュンしていると、左横から視線を感じた。見ると、ベイルがジッとこちらを見つめている。

「ベイル様？」

声をかけると、ふいっと顔をそらされてしまう。

「え？」

セシリアが、そらした顔をのぞき込むと、ベイルは「さすがに妬ける」と呟き不機嫌そうな顔をした。その様子を見て、セシリアはなぜか胸がときめいた。

（あ、あれ？　えっと……）

目の前のベイルは、とても凛々しく鋭い美貌の持ち主だ。それだけではなく、沈着冷静で判断力に優れ決断力もある。『どうしてこんなに素敵な人が私を選んでくれたの？』と今でも思ってしまうほど、尊敬できる最高の伴侶だ。

それなのに、自分の妹に妬いてすねているベイルが、とても可愛く見えてしまう。

「ベイル様……じゃなくて、ベイル、可愛い」

少しからかってみると、ベイルはサッと目元を赤くした。しかし、すぐに咳払いをして元の冷たい表情に戻る。

「俺をからかうとは……セシリア、あとで覚悟しておくように」

「あとで、ですか？」

鋭い瞳が細くなり、ベイルは意味ありげに笑った。

「俺に『可愛い』などと言ったからには、本当に可愛いあなたには、その百倍『可愛い』と告げなくては」

ベイルの手が、ゆっくりとセシリアの頬をなぞる。

「もちろん、二人きりでたっぷりと」

そう耳元で甘くささやかれると、セシリアの頬は瞬時に熱くなった。

ベイルは、話している司会者を見ながら、「もうそろそろ披露宴も終わりだな」と嬉しそうに言う。

そんなベイルを見て、セシリアは『披露宴が終わったあとが、少し怖いわ』と思い、こっそりとため息をついた。

第七章
ずっとつづく幸せな日々

The reborn lady wants to revenge
but she is deeply loved by her fiance.

セシリア視点

盛大な披露宴を終えて、ベイルとセシリアは夫婦になった。

夫婦になった二人に、ペイフォード公爵は『これは、お城かな？』と思えるくらいの豪華な別館を与えてくれたので、本当ならそこに住む予定だった。

（でも、そこには住んでいないのよね）

ベイルが公爵の片腕として多くの仕事を担っていることと、公爵家の騎士団を統率していることもあり、本館を離れるととても不便だった。

そこで、公爵の「もちろん、このまま、本館にいてくれても構わない」という言葉に甘えて二人とも本館で暮らしている。

（当初は、ベイルと一緒の部屋で過ごすという話もあったけど……）

ベイルが「俺の部屋には、男の使用人や、緊急時には騎士も出入りすることがあるから絶対にダメだ」と断られてしまった。

「だが、寝室は一緒にする」

「は、はい」

別に拒否するつもりはなかったが、拒否権が一切こちらになさそうだったので、セシリアは素直にうなずいた。

ベイルが言うには、共用の寝室をはさんで右にセシリア、左にベイルの部屋を配置したいらしく、今はその工事をしているとのこと。

ベイルは「別館には、そういう部屋を作っておいたのだが、急きょ本館に住むことになったので不便をかけてすまない」と申しわけなさそうな顔をした。

「私は大丈夫だから、気にしないで。今のお部屋もとっても素敵で気に入っているの」

セシリアが満面の笑みで告げると、ベイルはなんとなく不服そうだったが何も言わなかった。なので、セシリアは素敵なお部屋で、気心の知れたメイド達と、のんびり暮らしている。これからは、少しずつペイフォード家の歴史や領地のことも学んでいき、いつか立派なペイフォード公爵夫人になるのがセシリアの目標だ。

そういうわけで、とても幸せな日々を送っていたセシリアだが、その日は自室で一人、緊張していた。

(明日は、憧れのクラウディア様とピクニック！)

正確には、クラウディアとその婚約者のアーノルド王子、そして、ベイルとセシリアの四人でのピクニックだ。クラウディアからこのお誘いを受けた時は、セシリアは心が弾んで背中に羽でも生えたような気分になった。

クラウディアは、将来この国の王妃になる高貴で尊い方なのに、セシリアにもとても良くしてくれている。

(ああ、お美しい上に、お優しいなんて！　さすがクラウディア様、完璧だわ)

聞けば、ペイフォードの領地内でのピクニックだから、それほど遠くには行かないらしい。

（何を着て行こうかしら？　失礼のないようにしないと）

自分の部屋で浮かれていると扉がノックされた。セシリアが入るように伝えると、大きな箱を抱えたクラウディアの専属メイドが姿を現す。

「セシリア様、クラウディア様より、こちらをお預かりしました」

「クラウディア様から？」

セシリアが、不思議に思いながらテーブルに置かれた箱を開けると、そこには、淡いピンク色でチェック柄のワンピースが入っていた。

「これをクラウディア様が？」

セシリアが手に取り広げると、襟の部分がレースになっていてとても可愛い。同じ柄のリボンの髪飾りや靴下、靴までセットで入っていた。

「はい、明日のピクニックには、ぜひ、そちらを着てきてほしいとのことです」

「クラウディア様は、今日は王城かしら？」

「はい」

クラウディアは、次期王妃になるための教育を受けていて忙しく、会うことが難しい。

（直接お礼を言いたかったけど、無理そうね）

「わかったわ。明日のピクニックには、このワンピースを着ていくわ。クラウディア様に『セシリアがとても喜んでいた』と伝えてね」

メイドは丁寧に頭を下げると静かに部屋から出ていった。

（可愛いワンピースだわ）

嬉しくて姿見の前に立ち、洋服を自分の身体に当ててみる。切り替えが腰部分ではなく、胸の下に入っているのがまた珍しく可愛らしい。

（こういうタイプのワンピースは着たことがないわね。でも、どうしてクラウディア様は、このワンピースを私にくださったのかしら？）

理由は分からないが、次の日、セシリアは、約束通りクラウディアがくれたワンピースを着た。結ってもらった髪にワンピースとおそろいのリボンをつけてもらう。

鏡越しに目が合ったメイドが、「とてもお似合いです」と褒めてくれた。

「ありがとう」

準備ができたのでセシリアが自室から出ると、そこには予想外にクラウディアが立っていた。クラウディアは、花のような笑みを浮かべて「おはようございます、セシリア様」と挨拶をしてくれる。その手には大きなバスケットを持っていた。

「お、おはようございます！」

慌てて挨拶を返したセシリアは、可愛いワンピースをくれたお礼を伝えようとすると、先にクラウディアに「そのワンピース、着てくださりありがとうございます！」と、お礼を言われてしまう。

「セシリア様、とてもお似合いですわ。私、一度でいいから『おそろいコーデ』というものをしてみたかったのです」

「おそろい、こーで？」

そう言われて初めて気がついたが、クラウディアはセシリアが着ているワンピースと同じ作りで色違いのものを着ていた。髪にもワンピースとおそろいの柄のリボンをつけている。

「あ、もしかして、私達が着ているのは、同じ服の色違いですか？」

「そうです！　だから、おそろいコーデ」

セシリアは『そんな!?　恐れ多い』と思ったが、クラウディアが嬉しそうにセシリアの手を引いたので、何も言えずについていく。

玄関ホールでは、二人の青年が立っていた。それを見たクラウディアは「まだ時間があるのに、アーノルドもお兄様もせっかちね」と不服そうに呟く。

「本当はセシリア様と二人で早めにお出かけして、男性陣が来るまでの間、女子トークをしたかったのですが……仕方がないですね」

クラウディアはため息をついたが、すぐに気持ちを切り替えたのか、可愛らしい笑みを浮かべる。

クラウディアが声をかけると、すぐにアーノルドがこちらをふり返り「ディア、今日もとっても可愛いね」と満面の笑みを浮かべる。

「アーノルド、いらっしゃい。来てくれて嬉しいわ」

クラウディアは、「ありがとう」とお礼を言うと、セシリアの腕に自身の腕を巻きつけた。

「ねぇ、見て見て！　今日のワンピースは、セシリア様とおそろいなの」

「わぁ、すごくいいね！　二人ともとっても可愛いよ」

少しも照れることなく女性をべた褒めするアーノルドは、婚約者のクラウディアを溺愛していることをとで有名だった。誠実そうな瞳で、愛おしそうにクラウディアを見つめている。

「ありがとう、アーノルドもとっても素敵よ」

微笑み合う二人はお似合いだった。アーノルドはすぐにクラウディアの持っていたバスケットに気がつき、さりげなく荷物を持ってあげている。

(素敵……)

セシリアがお似合いの二人にうっとりしていると、その後ろにいたベイルと視線が合った。

「ベイル」

嬉しくなってセシリアが名前を呼ぶと、ベイルは勢い良く顔をそらし、左手で口元を押さえた。少しふるえているようにも見える。

(どうしたのかしら?)

ベイルは可愛いものを見た時に、こういう反応をすることがある。

(あ、このおそろいのワンピースが可愛いから?)

確認のために「このワンピース、クラウディア様からいただいたの」と伝えると、「……良く似合っている」と、無理やりしぼり出すような感想が返ってきた。

クラウディアはあきれた様子で「もうお兄様ったら……。セシリア様、お兄様のことは気にせず、ピクニックに行きましょう」と、ため息をついた。

ベイル視点

愛おしい妻が、妹とおそろいの色違いのワンピースを着て現れたので、ベイルの意識は飛んだ。

いつもとは違う雰囲気のどこか幼げなワンピースを身にまとい微笑むセシリアは、この世のものとは思えない可愛さだ。

（……な、んだ、ここは？　妖精の国か？）

そうとしか思えない。

腕を組みじゃれ合う妖精達を眺めていると、その妖精の一人に名前を呼ばれた。

ハッと我に返ったベイルを、セシリアが不思議そうに見つめている。

「あ」と小さく呟いたセシリアは、「このワンピース、クラウディア様からいただいたの」と見惚れるような笑みを浮かべた。

（ごはっ⁉）

内心、セシリアの可憐さに悶えながらも、なんとか「……良く似合っている」というありきたりな感想をしぼり出したが、クラウディアのあきれた視線が突き刺さる。

（くっ、仕方ないだろうが！）

『おそろいのワンピースを着る』などという神懸かり的な発想をクラウディアがどうして思いつくのか、我が妹のことながら不思議で仕方がない。

「もうお兄様ったら……。セシリア様、お兄様のことは気にせず、ピクニックに行きましょう」

そう言って、クラウディアはセシリアの手を引いて歩き出した。並んで歩く妖精の後ろを、アーノルド王子と並んで着いていく。

「アーノルド殿下。ご無沙汰しております」

敬意を表して先にベイルから挨拶をすると、アーノルドはニコリと笑った。先ほどは、アーノルドに会ったとたんに、二人の妖精が舞い下りたので、言葉を交わす暇がなかった。

「お久しぶりです、ディアのお兄さん」

なんとなく、アーノルドに『お兄さん』と呼ばれることに抵抗があるので、「私のことはベイルとお呼びください」と伝えると、「では、僕のことはアーノルドと呼んでください」と返されてしまう。

「それは……できません」

まだ正式に発表はされていないがアーノルドは、この国の次期国王だ。気安く名前で呼べるはずもない。

「それでは、僕は『ベイルお義兄さん』と呼ばせていただきますね」

「……はい」

アーノルドからは、有無を言わせない圧のようなものを感じる。

前から思っていたが、アーノルドはクラウディアの前と他の人の前では態度が違う。

妹のクラウディアの前では、子猫のように無邪気に振る舞っているが、それ以外の前では、丁寧に振る舞うように見せて常に一定の距離を取っている。そこには、他人に対する拒絶や、内に秘めた固い決意のような感情が見え隠れしていた。

その様子をベイルは『危なげだな』と感じることもあるが、亡くなった第一王子や、第二王子とは比べものにならないくらい、アーノルドは優秀な王族だった。

勤勉で頭も良いし、剣術の腕も優れている。他の亡くなった王子達のように、残虐性もなければ、公務に支障ができるほど、女遊びをくり返すこともない。

(アーノルド殿下は、お仕えするに相応しいお方だ)

それだけではなく、クラウディアを心底愛しているというところをベイルは気に入っていた。

(兄としては、妹が愛されていることは嬉しいが……)

このアーノルドが、公私をわきまえず、あちらこちらでクラウディアとイチャイチャするせいで、貴族全体の恋愛観が変わってきている。

少し前までは、親同士が決めた相手と結婚することが当たり前だったのに、今では積極的に相手を探さなければ、婚約者を探すことすら難しい。しかも、簡単に婚約を解消できてしまうことも問題だった。

(そのせいで、俺がどれほど、婚約者探しに苦労したか!)

アーノルドに会ったら文句を言ってやろうと思っていたが、前を歩くクラウディアに熱い視線を送っているアーノルドを見ていると、ベイルは『まぁいいか』と考えを改めた。

(アーノルド殿下のおかげで、セシリアに出会えたとも言えるからな)

隣から、アーノルドの「可愛い……」という独り言が聞こえてくる。

「はい、可愛いですね」

こちらを見たアーノルドは少しだけ笑みを浮かべた。そして、二人同時に口を開く。

「本当に、ディアは可愛い」

「本当に、セシリアは可愛いです」

そろった声にお互いが顔を見合わせた。

アーノルドは、ニコッと微笑むと「僕は、お義兄さんが結婚してくれて本当に嬉しいです」と言った。

(遠まわしに『この元シスコン野郎が』と言われているような気がするのは、俺の考えすぎだろうか……)

先を歩いていた妖精達は、目的地に着いたようで、クラウディアが大きな木の下で手をふっている。

「アーノルド、今日はここでピクニックしよう」

「うん! ディア、今、行くよ!」

嬉しそうにかけていくアーノルドの姿は、まるで大好きな飼い主に呼ばれた子犬のようだった。

(本当にディアのことを愛しているのだな)

その溺愛ぶりを見て、微笑ましいような、恥ずかしいような気分になったあと、セシリアを溺愛している自覚のあるベイルは『俺も周りから見たら、あんな感じなのか?』と、少し不安になった。

セシリア視点

セシリアは、クラウディアに連れられて大きな木の下にたどり着いた。爽やかな風が優しく頬をなでていく。すぐ近くに小川が流れていて水の音が心地好い。

「素敵な場所ですね」

セシリアがうっとりと呟くと、クラウディアが「そうでしょう」と嬉しそうに微笑んだ。

クラウディアが後ろを歩いていた婚約者に手をふると、アーノルドはすぐにかけよってくる。アーノルドからバスケットを受け取ったクラウディアは、その中からシートを取り出した。

「アーノルド、シートの端を持って」

セシリアが手伝う間もなくクラウディアは、テキパキとピクニックの準備を整えていった。

その間にも、クラウディアは「セシリア様、準備はお任せください。私達、隙間時間を見つけては二人でピクニックしているので慣れているのです」と上手く手伝えないでいるセシリアに気遣いの言葉をかけてくれる。

ベイルが木の下にたどり着いたころには、すっかりとピクニックの準備が整っていた。

（クラウディア様もアーノルド殿下も、すごいわ……）

二人とも、ベイルと同じで『なんでもできてしまう天才タイプ』なのかもしれない。

クラウディアに「さぁ、セシリア様も、お兄様も座ってください」とうながされ、靴を脱いでシートの上に座ると、ふと、セシリアは小さいころに、家族でピクニックに行ったことを思い出した。

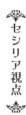

（あの時は何も思わなかったけど、大人になってから、お外で靴を脱いで食事をするなんて、悪いことをしているみたいで少しドキドキするわ）

クラウディアとアーノルドは、本当に慣れているようで、もうランチボックスのフタを開けている。

「うわぁ、美味しそうなサンドイッチだね！」

「そうでしょ？　はい、アーノルド、あーん」

クラウディアの手からアーノルドは嬉しそうにサンドイッチを食べた。その様子は、まるで恋物語のワンシーンのように素敵な光景だった。

うっとりしていると、急にセシリアの顔の前にサンドイッチが現れた。

「え？」

なぜかベイルがサンドイッチを差し出している。

「食べないのか？」

「あ、食べます」

セシリアがサンドイッチを受け取ろうとすると、ベイルがひょいとサンドイッチを上に上げた。

「セシリア、我慢しなくていい」

真剣な顔のベイルは「アレがやりたいんだろう？」と言いながら、食べさせあいっこをしているクラウディアとアーノルドを指差す。

「ち、違うわ！」

セシリアは必死に首を左右にふったが、ベイルは『わかっているぞ』とでも言いたそうな顔で「ほら、あーん」と言ってきた。

「ちがっ、本当に違うの！　殿下とクラウディア様がとてもお似合いで素敵だったから、見惚れてしまっていただけよ！」

「そうなのか？」

「そうなの！」

セシリアが一生懸命に説明すると、ベイルは納得してくれたようだ。

（誤解がとけて良かったわ）

ホッとしながらベイルの手からサンドイッチを受け取ろうとすると、なぜかまたひょいと上に上げられた。不思議に思ってベイルを見ると、「なら、俺がやりたいから、アレをやろう」と真顔で言ってくる。

「え、ええっ⁉」

「嫌か？」

ベイルに少し悲しそうにそんなことを言われると、強く断れない。

（でも、恥ずかしすぎるわ！）

他人がやっているのを見るのはいいが、自分がやるとなると話は別だった。頬が熱を持ってベイルの顔が見れない。

見かねたクラウディアが「お兄様、無理やりはいけませんわ」と言ってくれた。

「そうだな。すまない、セシリア」

「いえ……」

セシリアが申しわけなさから居心地悪さを感じていると、それまで黙っていたアーノルドが「されるのが嫌だったら、セシリアさんがお義兄さんに、あーんをしてあげたらどうかな？」と、爽やかな笑みで爆弾発言をする。

「で、殿下⁉」

セシリアが驚いてアーノルドを見ると、「あれ、僕、何か変なこと言った？」とクラウディアに聞いている。

「うーん」

困っているクラウディアの向かいで、ベイルは「殿下……」と感動したように声をふるわせた。

「なんと素晴らしい発想力！　殿下こそ、次期国王に相応しいお方です！」

急に話をふられたアーノルドが驚いている。

「あなたの勤勉さ誠実さは、人の上に立つ者として相応しい！　さらに、剣術の才能も素晴らしい！　あなたのような王族に仕えることができる俺は幸せです」

ベイルの熱弁を聞きながら、アーノルドの頬は少しずつ赤く染まっていく。

「いや、お、お義兄さん？」

「あなたの義理の兄であることは、とても誇らしいですが、俺はそれ以前にあなたの臣下です！　どうか、ベイルとお呼びください！」

勢いよく詰めよられたアーノルドは、恥ずかしそうに顔をそらした。

「……僕は、あなたに、そんな風に思ってもらっていたなんて……知らなかった」

クラウディアが「お兄様は、基本、言葉が足りませんからね」と、ため息をついている。

「でも、セシリア様の前では、素直になってたくさん言葉が出てくるようで安心しましたわ」

「確かにそうだな。セシリアには誤解をさせたくなくて、いつもより気をつけて、思いを口に出すようにしている」

「でしたら、もう全員セシリア様と思ってくださいませ」

ベイルは、両腕を組んでしばらく考えた込んだあとに「いや、それは無理だ。セシリアは、この世でただ一人だからな」と、とても真面目な顔で答えた。

（なんだかおかしな話になっているわ）

セシリアが戸惑っていると、アーノルドが急に噴き出した。

「あはは、ディアとベイルはやっぱり兄妹なんだね！　そっくりだよ」

「お兄様と私が⁉　どこが⁉」

「ほら、感情を真っすぐに伝えてくれるところとか、裏表がないところとか」

アーノルドの言葉に納得できないのか、クラウディアは不服そうに頬をふくらませた。

（か、可愛いいいいい‼）

セシリアが静かにクラウディアの愛らしさに感動していると、アーノルドはまた笑う。

「あと、ベイルとセシリアさんも良く似ているね。ベイルがセシリアさんを見つめる瞳と、セシリアさんがディアを見つめる瞳がそっくりだ」

その言葉で、今度はベイルが不服そうに眉間にシワをよせた。

「殿下、事実なだけに複雑です」

「ごめんごめん、あ、セシリアさん、ベイルに早く食べさせてあげてね。これは命令だよ」

その言葉に、ベイルの片眉がピクリと動いた。

（アーノルド殿下のご命令！）

王族の命令に背くわけにはいかない。セシリアは、覚悟を決めてサンドイッチを手に取ると、ベイルに向き直った。

「ベイル」

セシリアがベイルの名前を呼ぶと、ベイルの目元がサッと赤く染まる。セシリアは、おずおずと腕を伸ばすとベイルの顔にサンドイッチを近づけた。恥ずかしすぎて少し手がふるえてしまう。

「はい、あーん」

パクリとサンドイッチを食べたベイルは、もぐもぐと口を動かしている。

（よかった、これで終わり……）

と、思ったとたんに、ベイルに腕をつかまれた。ベイルは、セシリアが手に持っていたサンドイッチを腕ごと引きよせ、もう一度かぶりつく。

止めてほしくてアーノルドを見ると、ニコニコしながら「続けて」と言われてしまう。

セシリアが恥ずかしさに耐えていると、サンドイッチを食べ終わったベイルにペロッと指を舐められた。

「きゃあ!?」

驚きすぎたセシリアが悲鳴を上げると、ベイルはアーノルドに向き直り「殿下、ありがとうございます。この御恩は必ずお返し致します」と礼儀正しく頭を下げた。

アーノルドは、少年のような笑みを浮かべている。

「ベイル、これからよろしくね」

「はい、殿下。実は、殿下にご提案したいことが何点かあります。まず信頼できる殿下専属の護衛と密偵を抱えてはいかがでしょうか？　あと……」

それまでのことがウソのように、ベイルとアーノルドは真面目な顔で、真面目な話を始めた。

（お二人が仲良くなれたのは嬉しいけど……私が食べさせる必要はあったのかしら？）

セシリアが少し納得できないでいると、クラウディアに「セシリア様、ありがとうございました。おかげでアーノルドとお兄様が仲良くなれましたわ」と耳打ちされて、セシリアのモヤモヤは一瞬で吹き飛んだ。

食事を終えると、クラウディアは「セシリア様。川に行きましょう」と誘ってくれた。ベイルとアーノルドは、まだ難しい話をしている。

二人はそのままにして、セシリアがクラウディアのあとについていくと、クラウディアは「やっと二人になれましたね」と微笑んだ。

「セシリア様、実はお願いがあります」

エメラルドのように綺麗な瞳がセシリアを真っすぐに見つめている。

「なんでしょうか？　なんでもおっしゃってください」

セシリアが次の言葉を待っていると、クラウディアは白い頬をほんのりとピンク色に染めた。

「……セシリアお姉様って、お呼びしても良いですか？」

「え？」

恥じらうクラウディアに見惚れている間に、とんでもないことをお願いされたような気がする。

「ダメですか？」

「い、いえ！　その、とても嬉しいです」

セシリアは、嬉しすぎて頭がボーッとしてきた。

「良かったです。では、私のことはディアとお呼びくださいね。セシリアお姉様」

「……ディア？」

信じられない気持ちでセシリアがクラウディアの愛称を口にすると、クラウディアは「はい」と可愛らしい笑顔で返事をしてくれる。

「お姉様、今のうちに川に入ってみませんか？　いつも入りたいのに、アーノルドに止められてしまって」

そう言ったクラウディアは、もう靴と靴下を脱いでしまっている。クラウディアは、ためらうことなく川に入ると「わぁ、やっぱり冷たくて気持ちいい！　アーノルドったら、こんなに浅い川なのに危ないって言うんです」と楽しそうだ。

「さぁ、お姉様も」

クラウディアに輝くような笑みを向けられると、断ることなんてできない。

「あ、はい！」

セシリアも慌てて靴と靴下を脱ぐと、クラウディアに手を引かれ、そっと水に足をつけた。とても浅い川なので、足のくるぶしまでしか水位はない。

川の水は氷のように冷たかった。足裏に感じる苔のぬるぬるした感触が気持ち悪い。

「クラウディア様……じゃなくて、ディア」

セシリアが怖くなってクラウディアの腕にしがみつくと、低く大きな声が響いた。見ると、ベイルとアーノルドがすごい勢いでこちらに向かって走ってきている。

「セシリア、何をしている！」

「ディア、川は危ないって言ったのに！」

ベイルは靴も脱がずに川の中まで入ってくると、セシリアを抱きかかえた。その顔はとても怒っている。

同じくアーノルドに抱きかかえられたクラウディアが「お兄様、セシリアお姉様は悪くありません！　私が無理やり……」とかばってくれた。

「ディア、違うわ。私も川に入ってみたくて。ベイル、ごめんなさい」

素直に謝ると、ベイルが「くっ、『セシリアお姉様』に『ディア』か……。ただでさえ、嫉妬してしまうのに、さらに二人は仲良くなったのだな」と、深いため息をついた。

ベイル視点

楽しいピクニックは、あっという間に終わってしまった。

川に入ったセシリアを見た時は、思わず「小石で足を切ったら、どうするんだ!?」と、怒ってしまったが、セシリアに悲しそうな顔で「ごめんなさい」と言われれば、すぐに許してしまった。

(まったく、俺はセシリアに甘すぎる)

クラウディアとアーノルドと別れると、ベイルはついため息をついてしまった。隣を歩いているセシリアが心配そうに顔をのぞき込んでくる。

「ベイル、まだ怒ってる?」

こういう時に限って、上目づかいで見つめてくるセシリアはズルい。不安そうな顔をされると、抱きしめてすぐに愛をささやきたくなる。

(いや、危ないことをした時は、しっかり叱らなければ!)

「怒ってはいないが、もう危ないことはしないでくれ」

「はい……」

しょんぼりとしてしまったセシリアに、ベイルはグッと胸をしめつけられた。

(う、ぐっ、可愛い)

そんなことを考えているうちにセシリアの部屋の前にたどりついてしまう。

(少し、モフりたい)

セシリアと一緒にベイルも部屋の中に入ろうとすると、セシリアがくるりとふり返る。

「本当にごめんなさい。でも、とっても楽しかったわ。また行きましょうね」

「ああ」

花開くような笑みを浮かべたセシリアは「では、また明日」と言ってあっさりと扉を閉めた。

「…………」

ベイルは、少し迷ったあとに、扉の取っ手に手をかけた。

（いや、セシリアが疲れているのはわかっている。だが、少しだけ、少しだけ、こう……抱きしめたい）

そっと扉を開くと、セシリアは部屋の中でクルクルと回っていた。スカートがふわりと広がり、まるで妖精が踊っているみたいだ。

「はぁ、楽しかったわ」

ニコニコと微笑みながら、セシリアはソファにコテンと倒れ込む。

「まさか、クラウディア様に、お姉様と呼ばれるなんて……」

セシリアはクッションをギュッと抱きしめた。

「ディア、ディア……」

クラウディアの愛称をくり返すと「フフッ」と頬を赤く染めて、ソファの上でコロコロと転がる。

（な、んだ⁉　か、かわ、可愛っ、可愛い！）

あまりの愛らしさに、ベイルの意識は飛んだ。そうしているうちに、セシリアとバチッと視線が合った。

セシリアは大きく目を開いて、顔を真っ赤に染め小刻みにふるえる。

「べ、ベイル……のぞき見なんて、ひどいわ」

「セシリア、その、違うんだ！」

「もう、知りません！」

怒って涙目になったセシリアに、勢いよく扉を閉められ鍵をかけられてしまったが、見たこともないようなセシリアの愛らしい姿が見られて、ベイルの心は満たされるのだった。

セシリア視点

また別のある日。

久しぶりに義妹のクラウディアがセシリアを訪ねてきた。最近のクラウディアは、自身の結婚式の準備が忙しくて、ほとんどペイフォード公爵家には帰ってこない。

セシリアが、クラウディアが待つ部屋に入ると、クラウディアはなぜかペイフォード公爵家のメイドが着ているメイド服を着ていた。

（どうして、ディアはメイド服を着ているのかしら？）

そう疑問に思いながらも、クラウディアの愛らしさに見惚れてしまう。

（ああっディアは、何を着ていても、とても輝いているわ）

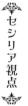

紺色のワンピースを身にまとい、頭には白いメイドキャップをつけているクラウディアは、服装が落ち着いているからこそ、生まれ持った素材の良さが際立っている。

ガラス細工のように繊細な美しさを持つクラウディアが「セシリアお姉様」と言いながらフワッと微笑んだ。

(なんて美しいの……ディアは、神々が作られた芸術品に違いないわ！)

「……で、ですね……お姉様に……一緒にどうでしょう？」

セシリアが一人で納得して、ウンウンとうなずくと、クラウディアは嬉しそうに両手を合わせた。

「お姉様、ありがとうございます！」

なぜかクラウディアにお礼を言われて、「はい、どうぞ。お姉様の分です」とメイド服を手渡される。

「えっと……？」

クラウディアの美しさに見惚れてしまい、話を聞いていなかった。

クラウディアは、「では、着替え終わるまでお部屋の外で待っていますね！」と、嬉しそうに部屋から出ていってしまう。

(着替える、ということは、私もこのメイド服を着れば良いのかしら？)

それ以外に思いつかないので、とりあえず、部屋にいたメイドに手伝ってもらい大急ぎでセシリアもメイド服に着替えた。

(ディアを待たせるわけにはいかないわ)

メイドに「奥様、髪はどうしましょう？」と聞かれたので、セシリアは「簡単でいいから、適当にまとめてもらえるかしら？」と任せた。「はい」と答えたメイドはテキパキと髪を結い、仕上げにメイドキャップを頭につけてくれる。

「ありがとう」

セシリアがお礼を言いながら急いで部屋から出ると、クラウディアが笑顔で待っていてくれた。

「では、お姉様、行きましょう」

どこに？　何をしに？　と疑問が浮かんだが、話を聞いていなかった自分が悪いので、黙ってついていく。その間に、セシリアは、クラウディアの話を良く聞くようにした。

「今日は、アーノルドも一緒に来ていて……」

(なるほど、今日は、ディアはアーノルド殿下と一緒にいらっしゃったのね)

クラウディアと、その婚約者のアーノルドはとてもお似合いで仲睦まじい。

「お姉様。アーノルドは、今日はベイルお兄様に用があって来たんです。私はアーノルドにかまってもらえないので、お兄様が来るまでの間に、少しアーノルドを驚かせようかと」

フフッとイタズラっぽく微笑むクラウディアは、まるで妖精のようだ。

「それに、アーノルドは、メイドが苦手で……。それが態度に出てしまうので、心配なんです。だから、私がアーノルドのためにメイド服を着て、苦手意識を少しでも減らしてもらおうかなって」

セシリアが「でしたら、私はいないほうが良いのでは？」と尋ねると、クラウディアは「一人ではすぐにバレてしまいますわ。お姉様と一緒が良いです」と頬を赤らめる。

（はうん、可愛い）

そうとわかれば、義理の姉としてできる限り協力しようとセシリアは心に決めた。

「ここです」

クラウディアが扉を開くと、アーノルドはソファに座らず窓辺にたたずんでいた。振り返り、こちらを見たアーノルドが大きく目を見開く。

「えっと、ディア、何しているの？」

「あれ？　もうバレちゃったの？　メイドに変装したつもりだったんだけど」

驚くクラウディアの後ろで、セシリアは『すぐにわかりますよ！　だって、ディアからあふれ出る美しさを少しも隠せていませんから！』と、両手を握りしめた。

クラウディアはアーノルドの手を取り、「ほら、アーノルドってメイドが苦手でしょ？　だから、少しでも苦手意識がなくなればいいいなぁって思って」と、ニコリと微笑む。

「ディア……」

そう呟いたアーノルドの頬は赤い。

（素敵……。お忙しい二人の安らぎの時間をお邪魔してはいけないわ）

セシリアがこっそりと部屋から出ようとすると、クラウディアに呼び止められた。

「セシリアお姉様、お付き合いくださり、ありがとうございました」

ディアにそう言われてから、ようやくアーノルドは、後ろにいるのがセシリアだと気がついたようで驚いている。

「セシリアさんと一緒だったんだ。二人は仲良しだね」

「うん、お姉様とおそろいが楽しくって。あ、そうそう！　お姉様、ベイルお兄様に伝言をお願いしても良いですか？」

セシリアは「はい、もちろんです」と少しも迷わず答えた。

「では、お兄様にディアが『一時間ほど、遅れても良いですよ』と言っていたとお伝えください」

アーノルドは、「ベイルは遅れるの？」と不思議そうにしている。

「うん、だって、私がアーノルドと二人きりでゆっくりお話ししたいから」

クラウディアがアーノルドの胸板にコツンと頭をよせると、アーノルドはみるみるうちに赤くなる。

「ちょ、ディア……セシリアさんもいるのに……」

セシリアは、『何も見ていません』という笑みを浮かべて、静かに部屋をあとにした。

(この時間なら、ベイルは執務室にいるわね)

ベイルの執務室なら、一人でもたどり着けそうだ。

結婚してすぐのころは、広すぎるペイフォードの屋敷内で、何回も迷子になりかけたことを思い出して、セシリアはクスッと微笑む。

(私も少しはペイフォード家の一員になれたかしら？)

セシリアはベイルの執務室の前までたどり着けたが、急に入るのはためらわれた。

(ベイルは、お仕事中だし迷惑よね？　でも、ディアに伝言を頼まれたから……)

セシリアが困っていると、扉が開き部屋の中から見たことのない若い騎士が一人出てきた。騎士は、メイド服を着ているセシリアを本物のメイドと勘違いしたようで「ベイル団長に何か用か?」と気軽に聞いてくる。

「はい」

「俺達、会ったことないよな? 君、新人? 実は、俺も入団したばっかの新人でさぁ」

無遠慮にセシリアの顔をのぞき込んだ騎士が一瞬、固まり「すっごい、美人……」と呟いたかと思うと、慌てて背筋を伸ばしキリッとした表情を作る。

「あなたのお名前をおうかがいしてもよろしいでしょうか?」

「いえ、私は」

セシリアが事情を説明しようとしたのに、こちらの話を聞かない騎士は「お願いです、どうか麗しき女神の名を俺に……」と右手をセシリアに伸ばしてきたので、セシリアは慌てて声を張り上げた。

「私にふれて良いのは、夫のベイルだけです」

騎士の口がポカンと開く。

「……ベイル団長が、夫? ということは、もしかして、あなた様が、あの、セシリア様? ベイル団長の、お、お、奥様の?」

セシリアが、コクンとうなずくと、騎士が真っ青になりガタガタとふるえだす。

「も、も、申しわけ、ありませ……」

舌がもつれ、涙目になっている騎士に、セシリアは「落ち着いて、大丈夫ですから」と優しく伝えた。

「私のほうこそ、誤解を招く格好をしていてごめんなさい。いろいろ事情があって……」

「い、いえ！　あの、こ、このことは団長には」

「言いません」

騎士は「ありがとうございます！」と勢い良く頭を下げると、ものすごい速さで走りさった。

（……はぁ、驚いたわ）

まさかベイル以外の男性に口説かれる日がくるとは思わなかった。

（少し、怖かった）

セシリアは急いで扉を叩くと、返事も聞かずにベイルの執務室に入った。ちょうど、執務机から顔を上げたベイルと視線が合う。

「セ、シリア？」

こんなにも驚くベイルは珍しい。慌てて立ち上がったベイルは、大股で側によってきた。

セシリアが「お仕事中にごめんなさい」と謝ると、ベイルは「そんなことは気にしなくていい」と言ってくれる。

「それより、なぜ、またそんな格好を？」

ベイルに、メイド服を着ている事情を説明して、クラウディアから伝言を預かって来たことを伝えると「またディアか」とあきれられてしまった。

「セシリア、いちいちディアに付き合わなくても良いんだぞ。嫌なことは断れ」

「嫌じゃないわ。ディアとなら何をしても楽しいの」

ベイルは「それはそれで複雑なのだが」とため息をついた。

「それで、ディアは俺になんと言っていたんだ？」

「はい、アーノルド殿下が来られていますが、『一時間ほど、遅れても良いですよ』と」

ベイルは「……またディアが何か企んでいるな」と眉間にシワをよせる。

「ディアの気持ちは有り難いが、アーノルド殿下をお待たせするわけにはいかない。今すぐ行こう」

そう言ったベイルの腕を、セシリアはとっさにつかんだ。

（ディアと殿下が、せっかく二人きりで楽しい時間を過ごしているのに、邪魔するわけにはいかないわ）

セシリアは、どうやってベイルを引きとめようか悩んだ。

「あの、ベイル。少しだけ、私とここでお話ししない？」

良い方法が思いつかず、ベイルを見上げると、ベイルは何かをこらえるように小刻みにふるえている。

「か、かわい……ではなく！　ダメだ。俺は、殿下の許《もと》に、行かなければ」

「ベイル、お願い。少しだけ、ね？」

腕を小さく引っ張りながらお願いすると、ベイルは苦しそうに「う、くっ」とうめいた。

「す、少しだけだぞ。……くそっ、ディアめ、卑怯だぞ……俺にセシリアを仕向けるなんて」

セシリアは、ブツブツと文句を言っているベイルの手を引いてソファに座ってもらった。

（あ、そうだわ。私は今、メイドの姿をしているのだから……）

ふと思いついて、セシリアは「今、お茶をいれますね、旦那様」とメイドっぽく言ってみた。ベイルの目元がサッと赤く染まる。

「旦那様は、私がお茶をいれたら、飲んでくださいますか？」

セシリアが少し心配になって聞いてみると、ベイルは観念したようにうなずいた。

「わかった。だが、お茶を飲んだら、俺はすぐに行くからな？」

「はい！　ありがとうございます、旦那様」

セシリアは満面の笑みを浮かべると、『少しはディアのお役に立てたかもしれないわ』と心を弾ませた。

ベイル視点

セシリアに「旦那様」とささやかれ、優しく微笑みかけられれば時間がたつのも忘れてしまう。

（ああ、セシリアは何を着ていても愛らし……。いや、待て……おかしいぞ、しっかりしろ俺！）

急にメイド服姿の可憐なセシリアが現れ、「一緒にお話ししませんか？」と可愛いお願いをされた。

しかも、アーノルド殿下との約束には一時間も遅れてもいいらしい。

一時間もあれば、思う存分セシリアと甘い時間が過ごせてしまう。

（俺に都合が良すぎる）

セシリアに聞けば、メイド服はクラウディアにお願いされて着たらしい。

(アーノルド殿下が、わざわざ俺を訪ねてきたということは、王城では話しにくいこと、あるいは、俺に負担がかかることを頼みに来たと考えられる)

そして、妹のクラウディアは、アーノルドを心から愛している。

(ディアは、『一時間後に時間をずらしてほしい』ではなく、『一時間ほど、遅れても良いですよ』と伝言している。それは、『俺の都合で、遅れたかったら遅れても、私達は許してあげますよ』という意味ではないか?)

事実、遅れたくなるような状況になっている。それらを踏まえて冷静に考えると、思い当たることは一つ。

(メイド服セシリアは、ディアから俺への賄賂《わいろ》……か?)

セシリアを見ると、なぜか慣れた手つきでお茶をいれる準備をしていた。その健気な様子を見ていると、後ろから抱きしめて今すぐに愛をささやきたくなる。

(う、くっ、これは、確実にディアの罠だ)

ここでセシリアにふれてしまい、アーノルドとの話し合いに遅れると、賄賂を受け取ったことになり、あとからとんでもない要求をされそうだ。

『妹のクラウディアも、立派なペイフォードの一員に成長したのだな』と思うと嬉しくなるが、確実にベイルの弱いところを突いてくる手腕が恐ろしくもある。

(だが、賄賂《わいろ》と気づいたからには、受け取らなければいいだけだ)

ベイルが『強い意思を持ってこの部屋から出よう』と覚悟を決めると、セシリアがトレイにカップを乗せて運んできた。

「お待たせしました」

セシリアは床に膝を突くと、そっとカップをベイルの前に置く。

「どうして、そんなに手慣れているんだ？」

もしや、実家でメイドのような扱いを受けていたのかと思いベイルが青ざめると、セシリアはトレイで顔を半分隠して、恥ずかしそうに視線をそらした。

「……実は、子どものころ、メイド達とメイドごっこをして遊んでいたの。私の実家は、なんというか、こちらと違っていろいろとゆるいお家だから……」

（確かに、普通の侯爵令嬢が許される遊びではないな。セシリアの無邪気さはこういうところから来ているのか）

またセシリアの知らない一面が見られて嬉しく思う。セシリアがいれてくれたお茶を一口飲むと、豊かな香りが口に広がる。

「おいしいな」

ベイルが素直に伝えると、セシリアは頬を赤く染めて嬉しそうに微笑んだ。

（はぐっ、可愛い!! だ、ダメだ、これは罠だ！ 別のことを考えろ！）

目の前のセシリアから意識をそらすと、頭の中で幼いセシリアがメイドの真似事をしている姿が浮かんでしまい、結局、内心で悶えることになる。

（と、とにかくお茶を飲もう）

ベイルは、お茶を覚ましながら飲み干した。

「セシリア、ありがとう」

そう言って立ち上がろうとすると、また袖を引っ張られる。

「旦那様……」

メイド服姿のセシリアにすがるように見つめられると、おかしな気分になってくる。我慢できず、そっとセシリアの頬にふれた。

「先に言っておくが、俺は今まで生きてきて、メイドをどうこうしようと思ったことは一度もない」

セシリアが不思議そうに首をかしげる。

「だが、あなたがメイド服を着ていると話は別だ」

ベイルは、セシリアの耳元に顔を近づけた。

「いつもと違うあなたの姿に、魅了されてしまう」

ボッと顔が赤くなったかと思うと、セシリアはベイルから少し距離を取るように身を引いた。そして、「からかわないで」と赤い顔のままとがめるように呟く。

「からかってなどいない。だから、あまり俺を引き留めないでくれ」

コクンとうなずいたセシリアの額に口づけをする。

「では、俺はアーノルド殿下の許《もと》へ行く。セシリアも早く着替えるように」

そんな無防備な姿で歩き回られると心配で仕方がない。セシリアは少しうつむいてから、「私は、ここにいます」と言った。

「待ってくれるのは嬉しいが、遅くなりそうだから、部屋に戻っていてくれ」

「いえ……」

いつも素直なセシリアが頑なに断っている。その表情には、なぜかおびえのようなものが見えた。

「もしかして、ここに来るまでの間に何か問題があったのか？」

ハッと顔を上げたセシリアは、「何もありません」と慌てている。

（そういえば、セシリアが来る前に新人団員がここに来ていたな）

ペイフォード公爵家の騎士団に入団した者は、慣れるためにしばらく雑用係を命じられる。今回の新人も雑用として、書類運びをしていた。

「もしかして、部屋の前で新人団員に会ったのか？」

一瞬戸惑ったセシリアに「声をかけられたのか？」と聞くと、セシリアは「いいえ」と小さく首をふる。その視線は不安げに揺れていた。

（セシリアのことを疑いたくはないが……ウソがヘタすぎる）

『そんなところも可愛いのだが』と、今は胸をときめかせている場合ではない。

「わかった。あとから俺がその新人団員に直接確認するから、この件は終わりだ」

ベイルは、立ち上がりセシリアに背を向け歩き出すと、トンッと背中に軽い衝撃を感じた。ふり返るとセシリアが背中にしがみついている。

「ベイル、何もなかったので確認しないでください！」

（もしかして、新人団員をかばっているのか？）

それまであまり深刻に考えていなかったのに、何があったのか強烈に気になった。ベイルは、ふり返りセシリアの細い腕を優しくつかむ。

「なら、セシリアの口から真実を話してくれ。そうすれば、新人団員には確認しない」

「お、怒らない？」

怒られるようなことが二人の間にあったのかと問いただしたくなる気持ちを、ベイルはグッとおさえた。

「ああ、怒らない。約束する」

ホッと胸をなで下ろしたセシリアは「大したことじゃないの」と微笑む。

「実は、私がメイドの格好をしていたせいで、本当のメイドと勘違いさせてしまって。その、ちょっと……」

「ちょっと？」

セシリアは「口説かれたの」と戸惑いの表情を浮かべた。

（あの男は殺す）

静かな殺意が湧き起こる。

「もちろん、何もなかったのよ？　私が紛らわしい格好をしているのが悪いし、すぐに謝ってくれたの。でも、ベイル以外にあんなことを言われたことがなくて驚いてしまって……。一人で部屋まで帰るのが怖いから、あなたが戻ってくるまでここで待っているわ」

（よし、あの男を切り刻もう）

新人団員の殺害方法を決めたところで、セシリアに「ベイル、顔が怖いわ」と言われてしまう。

「怒ってないのよね？」

「……もちろんだ」

もちろん、セシリアには怒っていない。

「新人の方も、おとがめなしよね？」

ベイルは、返事をしたくなかった。セシリアにはウソをつきたくない。

ベイルが口を閉ざしていると、セシリアは心配そうにこちらを見つめた。

「ベイル、真実を話したら怒らないって約束したわ。だから……」

「どうして、無礼を働いた騎士をかばう？」

「だって、私のせいで怒られるなんて申しわけないわ」

セシリアが新人団員をかばえばかばうほど、殺意がふくれ上がる。

ベイルだって『セシリアが何もなかった』と言っているのだから、何もなかったのだとわかっている。そして、新人団員をかばうのは、セシリアがただ優しいからだともわかっている。わかっていても、感情がおさえきれない。

(どうして、俺以外の男の心配をするんだ？)

気がつけばベイルは、セシリアを壁際まで追い込んでいた。両手を壁についてセシリアが逃げられないよう腕の中に閉じ込める。

「ベイル、怒っているの？」

「怒ってはいない、ただ……嫉妬はしている」

「嫉妬？　それは怒っているのよね？　どうしたら許してくれるの？」

「そうだな……」

この時のベイルは、珍しく冷静さを失っていて『ディアの賄賂《わいろ》を警戒していたこと』や『アーノルドがベイルを訪ねてきていること』をすっかり忘れていた。


一時間後。

セシリアを思う存分モフったあとに、ベイルはようやく我に返った。

「はっ!?　アーノルド殿下！」

セシリアにはこのまま執務室にいるように伝え、慌ててアーノルドが待つ部屋にかけ込むと、アーノルドとディアは並んでソファに座り仲良く手を繋いでいた。

「遅れてしまい、大変申しわけございません！」

ベイルの謝罪にアーノルドは「大丈夫だよ。ディアがいてくれたから」とクラウディアに微笑みかける。

ニコリと笑みを浮かべたクラウディアに「お兄様、私からの贈り物はいかがでしたか？」と聞かれ、ベイルは『やはりメイド服セシリアは、賄賂《わいろ》だったか!?』と内心で頭をかかえた。

「ディア……。セシリアを騙して巻き込むな」

ベイルがクラウディアに苦情を言うと、クラウディアはきょとんとする。

「騙すだなんて人聞きの悪い。私、セシリアお姉様には、一つもウソをついていませんわ。それに私は事前に、お兄様に『一時間ほど遅れても良いいですよ』と伝言しました。その伝言を聞いてお兄様は、ご自身の判断で遅れてきたのですよね？」

「うぐっ」

ベイルは気まずそうに咳払いをすると「殿下、お話をうかがいましょう」と話し合いの席に着いた。

「実は、ベイルに頼みたいことがあって……」

アーノルドの頼みはベイルの立場上難しく、できれば引き受けたくなかったが、妹の策略にはまり一時間も王族を待たせてしまったので、全面的に引き受けるしかなかった。

「殿下のお話はわかりました。お任せください」

覚悟を決めたベイルがそう伝えると、アーノルドとクラウディアは「やったー！」と喜びあう。

（はぁ……。妹の手腕が恐ろしいが、これがこの国の王妃になるのだと思えば誇らしく頼もしい）

ベイルはため息をつきつつも、この国の未来は明るいと思った。

エピローグ

The reborn lady wants to revenge
but she is deeply loved by her fiance.

ある日、夫のベイルがセシリアにこう言った。

「セシリア、新婚夫婦は『いってらっしゃいのチュー』という儀式をするそうだ」

「いってらっしゃいの、ちゅう？」

聞いたことのない言葉にセシリアが首をかしげると、ベイルは「これは、ディアから聞いた話だが」と説明を始める。

「朝、夫が出かける際に、妻が夫の頬に口づけをして、一日の無事を祈るらしい」

「それは……。もしかして、毎朝、私がベイルの頬にキスをするということですか？」

驚きすぎて、セシリアはつい敬語になってしまう。ベイルはとても真剣な表情でうなずいた。

「そうだ。セシリア、やってくれるか？」

朝からそんなことをするのは恥ずかしい。

(でも、そういう儀式らしいし、ディアがそう言っているのならきっと大切なことなのね)

「わかったわ」

セシリアがうなずくとベイルは、嬉しそうに微笑んだ。とても幸せそうなベイルの笑顔を見ると、こちらまで嬉しくなってしまう。

ベイルが身体を傾けてくれたので、セシリアは背伸びしてベイルの頬に唇を押し当てた。

「ベイル、いってらっしゃい」

「……ああ」

目元を赤くして、一度咳払いをしたベイルは「いってきます」と言い、セシリアの部屋をあとにした。

その日、帰ってきたベイルが「実は、おかえりなさいのチューと言うものもあるらしく……」と言ったので、セシリアは「そうなのですか⁉」と、また驚くことになる。

『いってらっしゃいのチュー』と『おかえりなさいのチュー』が、二人の間で、毎日の恒例儀式として馴染んだころ。

その日、セシリアは、友人からお茶会に招待されていた。お気に入りのドレスを着て、さぁ、お茶会に出かけようとした時、部屋にベイルが入ってきた。

「ベイル？」

確か、昨日の夜に「明日は、早朝から仕事があるので、『いってらっしゃいのチュー』はいい。君は寝ていてくれ」と言っていた。

「お仕事は、もう終わったの？」

セシリアが驚きながら尋ねると、「ああ、やりたいことがあったので、仕事は急いで終わらせてきた。早朝から頑張ったかいがあったな」と教えてくれる。

「さて、セシリア」

「？」

ベイルがセシリアに向かって両手を広げたので、セシリアはよくわからないまま近づきベイルの腕の中に納まった。ベイルは、ギュッと抱きしめたあとに、両手を頬にそえてセシリアの顔を上に向かせる。

ベイルの青い瞳には、優しい笑みが浮かんでいた。

「セシリア、いってらっしゃい。気をつけて」

そう言うと、ベイルは身をかがめて、そっとセシリアの頬にキスをした。

一瞬、何が起こったのかわからなかったが、ベイルがもう一度、顔を近づけてきたので、セシリアは慌てて両手で押しとどめる。

「一回で、一回でいいわ！」

恥ずかしくて顔が熱い。

「もしかして、これをするためだけに、朝早くからお仕事をしていたの？」

「ああ、俺も一度やってみたかったんだ」

とても満足そうなベイルを見て、セシリアは「もう……」とため息をついた。

「すごく恥ずかしいけど、気持ちは嬉しかったわ。じゃあ、いってくるわね」

「ああ、いってらっしゃい」

ベイルに見送られたセシリアが、お茶会を楽しんで戻ってくると、玄関ホールでバッタリとベイルに出会った。

ニコリと微笑んだベイルを見て、セシリアは嫌な予感がした。

出かける前と同じように両手を広げたベイルは、おかえりなさいのチューをするつもりらしい。

「ベイル、ここではダメよ。人目があるもの」と後ずさりすると、笑顔のベイルは両手を広げたまま、ジリジリとにじりよってくる。

「ちょっと、待って！」

セシリアが逃げ出すと、すぐに捕まってしまい背後から抱きしめられる。

「セシリア、俺から逃げられるとでも思っているのか？　あきらめるんだな」

不敵に笑うベイルに「私の嫌がることはしないって約束したのに！」と苦情を言うと、「セシリア……仕方がないんだ。これは、セシリアが無事に帰還できたことを祝う大切な儀式だからな。俺としても、やらないわけにはいかないんだ」と、意味のわからないことを言う。

（どうしても、『おかえりなさいのチュー』をしたいのね）

セシリアを出迎えてくれたメイド達は、皆、とても優秀なので、こちらを見て見ぬふりをしてくれている。

（それでも、恥ずかしいわ……）

ベイルの腕から逃げられずにいると、強制的にくるりと身体を反転させられ、セシリアはベイルと向かい合わせにさせられた。

「お帰り、セシリア」

身をかがめたベイルが、セシリアの頬にキスをした。

あまりの恥ずかしさに、ベイルを睨みつけると「その顔も、とても可愛い」と、もう一度、顔を近づけてきたので、両手で阻止する。

「ベイル！　これ以上、私をからかうのなら、明日から『行ってらっしゃいのチュー』はしないわ」

ベイルはスッと真顔になり、「……すまない、君が可愛すぎて調子に乗った」と素直に謝った。

「時々、調子に乗るのは、あなたの悪いくせよ」

セシリアは、本気で怒っているのに、「くっ……怒った顔も可愛い」と、ベイルは少しも反省していない。

なので、次の日、本当に『いってらっしゃいのチュー』をすることを断ったら、顔を真っ青にして真剣に謝ってくれたので仲直りをした。


あれから、数十年の月日が立った。

子どもが生まれ立派に育ち、それぞれに巣立っていった。

それでもベイルは毎朝、セシリアの部屋を訪ねてくる。もう、何百回、何千回、くり返したかわからない『いってらっしゃいのチュー』を、セシリアは今日もベイルの頬にする。

嬉しそうに微笑むベイルに、セシリアはふと思ったことを聞いてみた。

「ねぇあなた、いってらっしゃいのチューは、新婚夫婦がするものじゃなかったかしら？」

さすがにもう新婚とは言えないほど、夫婦の時間は長くなっている。

「そうだな」

うなずいたベイルが、「だが、俺は今でも新婚の時と変わらず、セシリアを愛しているから問題ない」と真剣な表情で答えたので、セシリアの頬は赤くなった。

「一生、新婚生活だなんて、私達は幸せね」

「そうだな。幸せだ」

視線を交わし微笑み合う。

これから先も二人は飽きることなく、『いってらっしゃいのチュー』と『おかえりなさいのチュー』をくり返していく。

「ベイル、愛しているわ。私に、終わることのない幸せをくれてありがとう」

《了》

番外編

The reborn lady wants to revenge
but she is deeply loved by her fiance.

番外編① セシリアの弟視点

僕のお姉様の名前は、セシリア＝ランチェスタです。

セシリアお姉様は、結婚して家を出ていってしまいました。

僕は大好きなお姉様に会えなくてとても悲しいです。これも全てアイツのせい。

アイツというのは、お姉様の結婚相手のベイルです。ベイルは顔が怖い嫌なやつで、僕を見つけたらすぐに追いかけてくるし、ベイルに捕まれば抱えられて肩に乗せられます。

ベイルは背が高いので肩に乗せられると、とても遠くまで見えます。そうすると、僕はお姉様よりも背が高くなるので、すっごく楽し……くない!!

「た、たのしくないから!」

僕が馬車の中で叫ぶと、隣に座っていたお姉様が優しく「どうしたの？」と聞いてくれます。

僕はお姉様にしがみつきました。

「お姉さま、きょう、ベイル、いる？」

「もう、『ベイルお義兄様』でしょ？　呼び捨てにしてはいけませんよ」

「だって……」

ベイルは大好きなお姉様を連れて行ってしまった悪いやつです。

「ぼく、ベイル、きらい……」

お姉様は少し困った顔をしながら髪をなでてくれます。そして『もう五歳になったから、抱っこはしませんよ？』と言っていたのに、優しく抱きしめてくれました。

馬車が止まってお姉様の新しい家に着いてしまいました。ここには、ベイルも一緒に住んでいます。

お姉様は、今までずっと僕と住んでいたのに、ベイルと住むことになったから、僕とはもう一緒に住めないのよってお母様が言っていました。

ベイルがいなかったら、ずっとお姉様と一緒にいられたのに。

馬車の扉が開くとベイルが立っていました。お姉様は嬉しそうにベイルの手を取り馬車から降りていきます。

ベイルが「ようこそ」と僕に手を伸ばしたので、僕はその手をぺちんと叩き一人で馬車から降りました。そして、お姉様のスカートの後ろに隠れます。

「ベイル、きらい！　お姉さまをかえせ！」

お姉様に「ベイルお義兄様でしょう？　あと、失礼なことを言ってはダメよ」としかられましたが知りません。

ベイルは「ふっふっふっ」と絵本に出てくる魔王のように笑っています。いつ見ても顔が怖いです。

「君の弟は、相変わらず君のことが大好きなようだ」

「結婚するまでは、あなたにとても懐いていたのに不思議だわ」

お姉様は何もわかっていません！

ベイルは「ときどき遊びに来る姉の知り合いの男と、大好きな姉を連れ去った男では対応も違ってくる」と言っていて、僕のことをよくわかっています。

「そうなのですか?」と、不思議そうな顔をしているお姉様。

お姉様が歩き出したので、僕もスカートの陰に隠れるようについていきます。お姉様が立ち止まると、お庭にお茶会の準備がされていて、テーブルの上いっぱいにお菓子が並んでいました。

「わぁ！　すごい！」

お姉様は「今日は、お菓子を好きなだけ食べていいわよ」と夢のようなことを言ってくれます。

僕が椅子に座ると、目の前にケーキが運ばれてきました。さっそくケーキをフォークで食べると、びっくりするほど美味しいです。

「おいしい！」

お姉様が「あらあら」と言いながら、ナプキンで僕の口をふいてくれました。

「お姉さま、あれも食べていいですか?」

「もちろんよ」

「んー！　すっごくおいしいです！」

ベイルが「気に入ってもらえて良かった」と言ったので、『あ、ベイルもいた』と僕は慌てて敵の存在を思い出しました。

お姉様がまた僕の口元をふいてくれます。なんとなく、ベイルがうらやましそうにこちらを見ているような気がしました。

「ベイルもケーキ、たべたいの?」

「いや」

「じゃあ、お姉さまに口をふいてもらいたいの？」

お茶を飲んでいたベイルが、ゴホッとむせました。

「え？　ベイルは、大人なのに、お姉さまに口をふいてもらってるの⁉」

「それは違う！」

「わかったぞ！　ベイルはお姉さまを自分の家につれていって、いろんな仕事をさせているんだ！

かわいそうなお姉さま、ぼくが助けてあげるからね！」

お姉様はクスクスと笑いながら、僕の頬を人差し指でツンッと突きました。

「私はベイルのことが大好きだからここにいるのよ。助けてくれなくていいの」

「そんなぁ、お姉さまぁ！」

隣に座っていたお姉様の胸に飛び込むと、ベイルが無言で立ち上がり、僕のお腹辺りを両手で抱えて持ち上げました。

「うわぁ⁉　はなせぇぇ！」

ベイルは一瞬、僕を放り投げ空中で反転させました。向かい合わせになったので、ベイルの怖い顔が僕を睨みつけています。

「少し、二人で話そうか」

「ヤダ！」

ベイルが怖い顔を近づけてきます。

「これは男同士の話だ」

「オトコどうし……？」

「そうだ。聞くか？」

「わかった。ぼくもオトコだ！」

フッと笑ったベイルに肩にかつがれ、僕はお姉様が見えない場所まで連れて行かれます。正直、ものすごく怖かったけど、男なので我慢しました。

ベイルはしゃがみ込むと、僕を地面に下ろします。

「セシリアと離れて寂しいか？」

僕がうなずくと、ベイルは大きな手で僕の頭をわしゃわしゃとなでました。

「悪いが何があってもセシリアは返せない。でも、良いこともある」

「お姉さまとはなれて、いいことなんてないよ……」

僕は泣きたい気持ちでいっぱいでした。

「ある。家族が増えた。俺とお前も、もう家族だからな」

「えー……ベイルが家族？　それはべつにうれしくない」

ベイルは「そうか。では、いつか、お前に弟か妹ができるというのはどうだ？　まぁ、正確には甥か姪だが」

「ほ、ほんと⁉」

「ああ、本当だ。お前は兄になるんだ」

「ぼくが、お兄様……」

胸がドキドキして、とても嬉しいです。

「だから、セシリアがいなくてもしっかり食べて遊んで勉強するんだ。これからは、自分でできることは、できるだけ自分でしろ。弟か妹を守るためには、兄は強くならなければな」

「それって、ベイルみたいにってこと？」

前にお父様が、ベイルは『剣術もすごい』って言っていました。

「まぁ、そうだな」

お姉様と一緒に暮らせないのは悲しいけど、僕は弟か妹がとてもほしいです。

「頑張れるか？」

僕はコクンとうなずきました。

「ベイル、約束だよ？」

僕が小指を立ててベイルに突き出すと、ベイルは「ああ、約束だ」と言って自分の小指をからめて、ブンブンと上下にふりました。

これは、男と男の約束です。

だから、お姉様とたくさん遊んで自分の家に帰る時間になってしまった時も、僕は泣きませんでした。

お姉様が「送るわね。一緒に行きましょう」と言ってくれましたが、頑張って断りました。

「ぼくは、一人でかえれます」

僕が一人で馬車に乗り込むと、ベイルと目が合いました。ベイルは少しだけ笑みを浮かべてうなずきます。

「ベイル……お兄さま！　絶対に約束を守ってくださいね！」

「ああ、もちろんだ」

お姉様が「なんのこと？」とベイルに聞いています。

馬車の扉が閉まりました。

ベイルがお姉様に何かを耳打ちすると、お姉様の顔は真っ赤に染まりました。そして、ベイルを両手でポカポカと殴っています。

「わぁ……」

僕は、あんなお姉様は初めて見ました。

お家では、お姉様はいつもニコニコと優しくて、怒ったところなんて見たことがありません。お姉様にあんな顔をさせるなんて、ベイルはすごい男だなって思いました。

僕は、そんなすごい男と男の約束をしたので、絶対に守ろうと思います。

「つよくなって、ぼくが守ってあげなくっちゃ！」

小さい弟か妹ができる日が、僕はとっても楽しみです。

番外編②　レオとエミーのその後

レオ視点

夢を見た。

愛する女性を手に入れるために、狂王と呼ばれるアーノルド陛下に忠誠を誓い、その参謀として多くの残忍な戦をくり返す夢。

戦場で全身に敵兵の返り血を浴びて、錆《さ》びた血の匂いが体中に染みつき取れなくなったころ、ようやく愛おしい人を手に入れられた。

（やっと、やっとだ。エミー）

レオが歓喜で心をふるわせながら、純白のドレスに身を包んだ彼女のベールをそっと上げると、そこには、青ざめひどくおびえるエミーがいた。

「エミー、どうしたの？」

（長く会っていなかったから、私の顔を忘れてしまったのかな？）

レオがそっとエミーの頬にふれると、エミーはガタガタとふるえ涙を流した。

「こ、殺さないで……なんでも、します。だから、私の、一族はどうか、お見逃しください……」

（彼女は何におびえているのかな？）

エミーの澄んだ瞳は、恐怖で濁っていた。

「閣下に、永遠の忠誠を……」

愛する人に名前すら呼んでもらえず、レオはようやく気がついた。

(ああ、私は……間違ってしまったんだね)

やっとの思いで彼女を手に入れたのに、彼女の愛は、もう二度と手に入らない。

(私は……どこで、何を、間違ったのだろう?)

奈落の底に落ちていくような絶望の中、レオは夢から覚めた。

呼吸が荒く頭が重い。全身が汗でぐっしょりと濡れている。

「ひどい……夢だ」

恐ろしいほどに鮮明で生々しい夢だった。

レオは、深呼吸をくり返し、現実に意識を向けた。

ここは、自国のとある公爵家が所有している屋敷の一室だった。レオは、王宮のように豪華な部屋を与えられていた。それだけではなく、公爵直々に「レオ殿下に、決して失礼なことがないように」と命じられたベテランの執事やメイド達に最高級のもてなしを受けている。

(全ては、ベイルの計画通りだ)

ベイルの訴えにより、セシリアに求婚した公爵家のクズ息子は裁判にかけられた。その裁判をきっかけに、レオは公爵とその息子に恩を売り、公爵家に潜り込んだ。クズな息子も、今ではすっかりレオに懐いている。

（ああいう女性蔑視タイプは、自分より優秀な男に認められたい願望を持っていることが多いからね）

クズ息子も漏れなくそういうタイプだった。

厳格な父親に育てられ、認められず苦しみ歪んでいく。だったら、父親の代わりに認めてやればいい。

君はすごいよ。

優秀だね。

君ならできる。

ずっとクズ息子がほしかったであろう言葉を、レオは毎日、蜜のごとく注いでやった。

それだけで、クズ息子は簡単に落ちた。今では、レオのことを兄のように慕い、なんでも言うことを聞いてくれる。

息子の素行の悪さに頭を抱えていた公爵は、すぐに第五王子であるレオの後ろ盾を名乗り出て、レオを内に抱え込んだ。

「レオ殿下、どうか息子の師として、導いてやってください」

公爵のその言葉にレオは「息子さんの友としてなら、お受けします」と、わざと聖人のような回答をした。

気がつけば、公爵家はレオを中心に回るようになっていた。

公爵はレオを重宝し、息子はレオに付き従う。信頼を得たのを良いことに、レオは、公爵家が今まで行ってきた薄暗い闇を調べつくし、いつでも公爵家を取り潰せるほどの強力な弱みを握った。

誰が公爵家の当主かわからないくらい、レオの影響力は日に日に大きくなっていく。そのうちに、公爵から屋敷も土地も与えられ、巨額の財産を得た。

ベイルとの約束は、無事に果たせた。

今となっては、誰もレオを軽視することも、指図することもできない。ここまで登りつめるには、ベイルの協力が必要不可欠だった。ベイルは、いつでもレオが求める人材を的確に迅速に送ってくれた。

(この短期間で、私は地位も名誉も財産も、全て手に入れた)

だから、今日、レオはエミーに会って結婚を申し込む覚悟を決めていた。

せっかく大金があるのだから、彼女に喜んでもらえるように、何か特別なことをしようと考えた。

(エミーの好きなことなら良く知っている)

お転婆なエミーは馬に乗り駆けるのが好きだ。エミーの美しい金髪が風になびくのを見るのが好きだった。

エミーは野イチゴが好きで、ダンスも好きだ。

買い物も好きだし、友達をとても大切にする。

アマリリスの花が好きで、雷が嫌い。

「……？」

気がつけば、レオの頬に涙が流れていた。

地位も名誉も財産もないよりあったほうが絶対に良い。でも、その全てを手に入れた今、本当に必要だったのか急にわからなくなった。

結局、レオはエミーに会う当日にアマリリスの花束を買った。真紅のアマリリスはきっとエミーに良く似合う。

久しぶりに会ったエミーは、一段と美しくなっていた。

こちらに気がついたエミーが「もう！」と、ため息をつく。

「エミー、どうしたの？」

「どうしたの？　じゃないわよ！」

エミーの綺麗な瞳は、怒りで釣り上がっていた。

「レオったら、いっつも『忙しい』って言ってぜんぜん会ってくれないんだもん！　私達、本当に婚約しているの？」

エミーは「手紙だけのやり取りなんて、不安だよ……」と、うつむいてしまった。

（ああ……私は、また間違えてしまった）

激しい後悔と共に、優しくエミーを引きよせ抱きしめる。

「ごめんね、エミー。どうして、私はこんなにも間違えてしまうのかな？」

腕の中のエミーは「レオは、難しいことばっかり考えすぎよ」と怒っている。

「……そうかな？　そうかもしれない」

「レオって、いったい何がしたいの？」

レオの頭の中に、いろいろな言いわけがよぎったが、その全てを追い払うと、答えはとても簡単だった。

「君と一緒に、幸せになりたい」

ようやく出てきた本当の願いを聞いたエミーは、嬉しそうに微笑んだ。

「だったら、ずっと私の側にいなくっちゃ！」

「そっか……そうだね。どうして、私はこんなにも簡単なことがわからないんだろう？」

イタズラっぽい笑みを浮かべたエミーに「レオって、頭が良いけど、抜けてるよね！」と言われて、「本当にそうだね」と納得してしまう。

「フフ、今日のレオは素直ね。良い子良い子、なーんて！」

エミーに優しく頭をなでられると、なぜか涙がこぼれた。

「ええっ!? レオ、大丈夫？」

「エミー、私と結婚して？」

それは、涙を流しながら、好きな女性に『結婚してほしい』と懇願するという情けないプロポーズだった。

（もっとカッコ良くて、エミーがうっとりするような告白をしようと思っていたのに……）

そんなことを考えているから、間違えてしまうのだと今ならわかる。

（私は、ベイルのようにカッコ良くはなれないけど、ベイルのように素直にはなれる）

「エミー、愛している。私は、良く間違えてしまうけど、君が側にいてくれたら、きっともう間違えない。だから」

エミーはレオの背中に手を回すと、ギュッと抱きしめてくれた。

「もちろん、いいよ！　結婚してあげる！」

嬉しそうなエミーを抱きしめてから、レオは持っていた花束を渡した。

「わぁ、私の好きなアマリリス！　レオ、ありがとう」

頬を染めたエミーは幸せそうに笑ってくれた。

（ずっと、この笑顔が見たかった）

エミーに会って愛を伝えて、花を渡す。ただそれだけで幸せになれたのに、その幸せを手にするために随分と遠回りをしてしまった。

「これからは、ずっとエミーの側にいるよ」

「うん！　ねぇねぇ、結婚式、どこでしよっか？」

「その前に、エミーのご両親に結婚の報告に行かないと」

「そっか、そうだね！　……あれ？　もしかして、私、レオと結婚したら、隣国の王族になっちゃう？」

「私は第五王子だよ？　結婚と同時に、臣下に降ろされるよ。エミーは王族になりたかったの？」

ううん、とエミーは明るく笑いながら首をふった。

「レオと一緒なら、なんでもいい！」

エミーはそう言ってくれるけど、エミーには少しの苦労もさせたくない。

（もし、爵位を貰えなかったら、お金で爵位を買えばいいか。やっぱり……エミーを守るためには権力や、お金はあったほうがいいよね）

レオが一人でウンウンとうなずいていると、エミーに「また変なこと考えてない？」と言われてしまう。

「変なことじゃないよ。君との幸せを真剣に考えているんだ」

「ふーん？　まぁ、いいけど！」

レオは、エミーとしっかりと手を繋いで歩き出した。

エミー視点

結婚式の準備中。

レオは、また何かを考え込んでいるようだった。

（レオって、昔からこうなのよね）

こういうレオを見るたびに、すぐ側にいるのに、ここにはいないような気がして、エミーは少し寂しい気持ちになっていた。

（今までだったら、声をかけずにそっとしておいたけど……）

もう、そんなことはしない。

（だって、レオが私のことを愛しているってわかったから。私のために何かを考えてくれているん

だってわかったから）

ただ、それがいつもズレているのが問題だった。

（だから、もう変なことを考えこまないようにしてあげる）

無言になっているレオに、エミーは勢い良く抱きついた。ハッと我に返ったレオに、「私を見てー！」とわがままを言う。

（今までだったら絶対に、こんなことはできなかったけど）

ベイルとセシリアのように幸せになるには、素直になるのが一番だとわかった。

「レオ、何を考えてるの？　またズレた変なことを考えてない？」

「……考えてないよ」

レオが気まずそうに視線をそらす。

「絶対に考えてたでしょ⁉」

レオの胸板にエミーが頭突きを食らわせると、レオが「う」と苦しそうにした。

「もうさー、レオは頭は良いけど、私に関する悩みはズレてて、全部間違ってるんだからね⁉　悩むくらいだったら、私に直接聞いてよ！」

レオの頬を両手ではさんで「ほらほら、今すぐ悩みを言いなさい！　言うまで離さないからね⁉」と脅迫すると、レオは重い口を開いた。

「……私だけ、こんなにも幸せでいいのかなって。エミーは私と結婚して幸せになれるのか不安で……。エミーくらい素敵な女性なら、もっと財力があって地位が高くて」

「はい、ズレてる！」

レオの頬を思いっきり左右に引っ張り、エミーはレオを黙らせた。

「あのね、今のレオは、私の実家よりお金も領地もたくさん持っているの。そんなレオ以上のお金持ちって、もう、どこにいるのよ⁉　それに、私はレオが好きなの！　レオが側にいてくれたら幸せなの！　いいかげん、私を信じなさい！」

驚いた顔でレオは、真っすぐこちらを見つめた。

「……そっか、私はずっとエミーを信じていなかったんだね」

「そうよ！　レオの話を聞くと、私ってお金と地位が大好きなダメ女じゃない！　レオって私のこと、そんな風に思ってるの？」

レオは、慌てて首を左右にふる。

「そんなこと思っていないよ」

「だったらどうしてそんなことを考えるの？　もう、レオは本当に困った人ね」

「……ごめん」

素直に謝るレオを見て、あきれながらも『可愛い』と思ってしまう。

「でも、そういう困ったところも大好きよ。さぁ、話を戻して結婚式の準備を進めましょう」

決めないといけないことは、まだまだたくさん残っている。

「ねぇ、レオ。花嫁のベールはどれが私に似合うと思う？」

レオはとても深刻な顔をして「エミー、お願いだからベールはつけないで。ベールの下の顔を想像するのが怖い」と言ってきた。

「よくわからないけど、わかったわ」

「詳しく聞かないの？」

「いいの！　私はレオと違って、愛する人のことを信じていますからね！」

エミーが笑顔で嫌味を言うと、レオは「ごめんって……」と、困った顔をしている。

「いじめるのは、これくらいにしてあげるわ。じゃないと、レオがまた変なことで悩みそうだし！」

「だから……ごめん」

本当に困った様子のレオを見て、エミーは「許してあげる」と微笑みかけた。

「レオがまたズレたら、私は何回でも抱きついて頭突きをするわ。だから、もう大丈夫。私達は、きっと素敵な夫婦になれるわ。おじいちゃんとおばあちゃんになっても、ずっと一緒にいましょうね」

レオは珍しく照れた様子で「そう、だね」と答えて、嬉しそうに口元を緩めた。

あとがき

この度は『やり直し転生令嬢はざまぁしたいのに溺愛される　ベイル編』を手に取ってくださり、ありがとうございます。作者の来須みかんと申します。

このお話は、『やり直し転生令嬢はざまぁしたいのに溺愛される（以下、略して、やりざま）』に出てきた主人公の兄ベイルのその後を書いたスピンオフ作品です。

シスコンベイルは、いったいどんな令嬢と恋に落ちるのか？　というか、そもそもシスコンすぎるベイルに恋ができるのか？　そんな読者様の素朴な疑問から生まれた小説になります。

前作を読んでいなくてもわかるような内容になっていますが、前作も読んでいただいたほうがよりいっそう楽しんでいただけると思います。

前作から読んでくださっている方は、すでにお気づきかと思いますが、ベイル編を発売していただくにあたり、イラストレーターさんが変更になりました。

前作でイラストを担当してくださったユハズ先生、前作では素敵なイラストを描いてくださり、ありがとうございました。

そして、ベイル編からイラストを担当してくださったのはララ先生です。大変お忙しい中、引き受けてくださり、本当にありがとうございます。かわいいセシリアやかっこいいベイルにニヤニヤが止まりません。

ララ先生は、『やりざま』のコミカライズも担当してくださっています。コミカライズでは、キャラ達を魅力的に描いてくださり、そして、ストーリーをよりわかりやすく表現してくださっているので、ぜひぜひコミカライズも読んでください。

コミカライズ記念に『小説家になろう』様にて『やりざま』の番外編小説をときどき更新しています。よければそちらもよろしくお願いいたします。

関係者の方々、編集者様、今回も大変お世話になりました。

ネットで読んでくださったり、SNSなどで応援してくださったりしている方々、いつも元気をもらっています。ありがとうございます。

私が小説を書くことを応援してくれる家族や友人達にもいつも感謝しております。予約して発売日に買ってくれてありがとう。

最後になりましたが、読んでくださった方に少しでも楽しんでいただけたら幸いです。ありがとうございました。

来須みかん

TVアニメ化
決定!!!!!!!!!!!
シリーズ累計
180万部突破!!
(電子書籍含む)
絶好調
スピンオフ
第3弾!
転生貴族の異世界冒険録
カインのやりすぎギルド日記③
原作 夜州
漫画 佐々木あかね
キャラクター原案 藻
(c)AKANE SASAKI (c)Yashu (c)HIFUMI SHOBO
自重知らずな少年が巻き起こす、
大人気異世界ファンタジー！
転生貴族の異世界冒険録
アンソロジーコミック
原作 夜州
カバーイラスト bun150
シリーズ初のアンソロジー!
(c)Yashu / HIFUMI SHOBO

転生貴族の
異世界
～自重を知らない神々
冒険録
Wonderful adventure in
"God...That's going too far
厳選したWEB小説を続々書籍化!
サーガフォレスト
原作小説①～⑥
好評発売中!!
原作 夜州 イラスト 藻
(c)Yashu / HiFUMI SHOBO

やり直し転生令嬢はざまぁしたいのに溺愛される ベイル編

発　行
2023年2月15日　初版第一刷発行

著　者
来須みかん

発行人
山崎 篤

発行・発売
株式会社一二三書房
〒101-0003　東京都千代田区一ツ橋2-4-3 光文恒産ビル
03-3265-1881

印　刷
中央精版印刷株式会社

作品の感想、ファンレターをお待ちしております。

〒101-0003　東京都千代田区一ツ橋2-4-3 光文恒産ビル
株式会社一二三書房
来須みかん 先生／ララ 先生

Printed in Japan, ISBN 978-4-89199-859-2
※本書は小説投稿サイト「小説家になろう」（http://syosetu.com/）に
掲載された作品を加筆修正し書籍化したものです。